WICKED HOLIDAYS – SAMMELBAND 1

WICKED

Holidays

Sammelband

(Wicked Holidays 1 & 2)

J.A. Moon

Impressum

© 2025 – J.A. Moon
Website: https://ohana-autoren.de
Coverdesign: J.A. Moon / Canva

Verlag: BoD · Books on Demand GmbH, Überseering 33,
22297 Hamburg, bod@bod.de
Druck: Libri Plureos GmbH, Friedensallee 273,
22763 Hamburg

Verantwortlich für Inhalt, Text und Gestaltung:
J.A. Moon, c/o O.H. Ranch, Teisinger Straße 1, 84577 Tüßling,
Germany
Kontakt (gemäß EU-Produktsicherheitsverordnung):
ohana-autoren@outlook.de

ISBN: 978-3-8192-4939-6

Hab den Mut, du selbst zu sein.

Geh deinen Weg, denn du verdienst es,
glücklich zu sein.

Vorwort

Hallo und schön, dass du hier bist!
Bevor du dich kopfüber in die *Wicked Holidays*-Reihe stürzt, gibt's – wie immer – eine kleine, aber wichtige Vorwarnung: Die Geschichte von Mel und Jason ist sündig, spicy und bricht bewusst mit der Norm. Du wirst auf prickelnde Szenen, moralische Grauzonen und Charaktere treffen, die sich nicht immer an gesellschaftliche Erwartungen halten – und das mit voller Absicht. Wenn du damit kein Problem hast (oder genau darauf wartest), dann lehn dich zurück, gönn dir ein paar heiße Lesestunden und genieße jede Zeile.

Viel Spaß!
Gruß und Kuss
Julia

Christmas

Heiße Weihnachten
(Wicked Holidays 1)

J.A. Moon

Kapitel 1

Den dicken Schal bis über die Nasenspitze gezogen, stand ich mit rot verheulten Augen vor der Tür meines Elternhauses. So sehr es mich schmerzte, manchmal blieb einem einfach nichts anderes übrig, als mit einer schnell gepackten Reisetasche und eingekniffenem Schwanz zurück nachhause zu rennen. Vor allem, wenn man den Freund einen Tag vor Weihnachten mit irgendeiner Schlampe im Bett erwischt hatte. Zwar wäre ich spätestens morgen sowieso hier gelandet, trotzdem verlangte jeder zusätzliche Tag mit meiner Familie mir einiges ab. Weniger mein Stiefvater oder meine Mutter, die ich beide sehr liebte, als vielmehr mein übergroßer, überbeschützender Stiefbruder Jason. Zwar hatte er nur kurz mit uns unter einem Dach gewohnt, trotzdem machten die zwei Jahre, die er älter war, ihn in seinen

Augen zum beschützenden großen Bruder. Und diese Aufgabe nahm er ziemlich ernst!

Keine Frage, dass es mehr als schwierig war, irgendwelche Dates zu bekommen, nachdem sich in unserer Kleinstadt herumgesprochen hatte, dass der angeheiratete Zwei-Meter-Muskelberg dazu neigte, Kerle, die mich seiner Ansicht nach schlecht behandelten, kopfüber in Mülleimer zu stecken. So war es auch für niemanden sonderlich verwunderlich, dass ich zum Studium etwas mehr als drei Stunden Fahrt zwischen uns brachte. Nicht zuletzt, weil seine ganze Art leider nicht nur andere Kerle abschreckte, sondern mir ganz schön unter die Haut ging. Ich war schon damals nicht ganz dicht, wenn es um Jason ging. Meine Gefühle fuhren Achterbahn, und leider Gottes, war er auch heute noch meine Achillesferse, der ich besser aus dem Weg ging. Wäre er wenigstens zu mir ein Arschloch gewesen, es hätte alles so einfach sein können. Aber auch diesen Gefallen tat er mir nicht. Er wusste, was ich gerne aß, kannte schon damals meine Lieblingsfilme und behandelte mich trotz des Altersunterschieds stets auf Augenhöhe. Er versuchte einfach sein Bestes, um der perfekte große Bruder zu sein.

Ich hätte schreien können!

Selbst heute telefonierten wir noch regelmäßig und er hatte auch nachts um zwei ein offenes Ohr, um sich mein Geheule anzuhören. Nur dass er jetzt nicht mehr jeden Mann verjagen konnte, sondern mir stattdessen einfach zuhörte und seinen Senf dazugab. Selbstredend, dass unser Verhältnis keiner meiner Beziehungen zuträglich gewesen war. Manchmal wünschte ich mir, er hätte wenigstens jetzt, mit Mitte zwanzig und voll berufstätig, einfach fett und hässlich werden können. Aber nein, das Fitnessstudio sah ihn jeden Morgen vor der Arbeit. Er war also zu allem Überfluss im Laufe der letzten Jahre einfach noch heißer geworden. Blonde Wuschelhaare, ein kräftiger Kiefer und ein vom Sport bis ins Detail definierter Körper. Mit hormonberauschten 16, als frischgebackene Familie, musste ich hart gegen mein wild pochendes Herz und mein feuchtes Höschen ankämpfen. Heute versuchte ich zu vermeiden mit ihm in einem Raum zu sein, wo ich nur konnte. Wir hatten uns mittlerweile seit über einem halben Jahr nicht mehr persönlich gesehen, und ich vermisste ihn häufiger, als mir lieb war. Leider, wenn ich ehrlich zu mir selbst war, überwiegend auf eine Art, die sich für eine kleine Schwester eindeutig nicht gehörte.
Wenn er nur einfach nicht mein Stiefbruder wäre …

Als hätte er meine viel zu lauten Gedanken gehört, öffnete Jason in diesem Moment die Tür. Die Haare nass und durcheinander und das T-Shirt über der feuchten, massiven Brust spannend, blickte er auf meine einen Meter vierundsechzig herab. Es dauerte einen Moment, bis er mich in der dicken Wintermontur erkannte und einen weiteren, bis er meine verheulten Augen zur Kenntnis nahm.

Schweigend griff er nach meiner Tasche und schob mich ins Innere, doch mir entging nicht, wie es kurz wütend in seinen Augen aufblitzte, bevor er es verbergen konnte.

»Was ist passiert?«, brummte sein tiefer Bass, was mir direkt das Gefühl gab in einen warmen beschützenden Kokon gewickelt zu werden.

Manchmal ist ein beschützender großer Bruder vielleicht doch nicht das Schlechteste. Vor allem, wenn er wie Jason, immer auf meiner Seite war.

Ein Knoten löste sich in meiner Brust und statt ihm zu antworten, rollten neue Tränen über meine Wangen, und ich stand schluchzend im Flur. Die Tür fiel ins Schloss und ich hörte meine Tasche auf dem Boden aufkommen. Sanfte Hände schälten mich aus Schal, Mütze und Jacke, während seine Augen mich intensiv musterten.

»Sag mir, was passiert ist, Schwesterchen!«

War Jasons Stimme vorher schon tief gewesen, so hörte er sich jetzt an wie knirschender Stein. Entgegen allem, was ich gerade fühlen sollte, sorgte diese Tonlage für eine wohlige Wärme, die sich in meinem Körper ausbreitete.

Herzlich willkommen zurück, in der Achterbahn der unerwiderten Gefühle. Ich wusste genau, warum ich ihn sonst nur am Telefon ertrug und hoffte, dass er mir mein Herzklopfen nicht ansah.

Ich schämte mich es zuzugeben, dass Martin eindeutig der Falsche gewesen war. Auch weil mir klar war, dass ich meinen Ex nie wirklich geliebt hatte. Trotzdem hatte sein Verhalten mich verletzt.

Erschöpft schlang ich meine Arme um Jasons Taille und lehnte meine Stirn an seine breite Brust. Mir war bewusst, dass mein Gegenüber durchaus in der Lage wäre, in sein Auto zu steigen und meinen betrügerischen Ex nach Antworten zu fragen, wenn ich weiter schwieg. Ich sah seine Hände, die sich an den Seiten seines Körpers zu Fäusten geballt hatten, und spürte die Anspannung in Jasons Körper.

Tief atmete ich ein und aus, zwang mich, mein Schluchzen unter Kontrolle zu bringen. Es kostete mich einige Mühe, über meinen Schatten zu springen, und auf Jasons Frage zu antworten.

»Martin hat mich betrogen«, flüsterte ich, mit erstickter Stimme. Ein ziemlich würdeloses Schluchzen folgte meinen Worten, was mich kurz am Weitersprechen hinderte. »Er meinte, ich wäre frigide und prüde. Außerdem könnte kein Mann es mir recht machen. Ich wäre einfach selbst schuld, weil ich ihn seit drei Monaten nicht mehr rangelassen hätte.«
Während meine Stimme brach, lösten sich Jasons Fäuste, und ich spürte, wie seine Arme sich um mich legten. Bevor ich mich versah, wurde ich hochgehoben und er trug mich, wie ein Kind an seiner Brust geborgen weiter ins Innere des Hauses. Wortlos setzte er sich mit mir auf seinem Schoss aufs Sofa und hüllte mich in eine sanfte Umarmung. Während mir weiter Tränen aus den Augen rannen, schwieg Jason und streichelte lediglich meinen Rücken. Die Zeit verstrich, während ich mich über mich selbst ärgerte, die Beziehung mit Martin überhaupt geführt zu haben. Ich hatte doch gewusst, dass dabei nichts Gutes herauskommen konnte. Ja, mein Ex hatte nicht unrecht gehabt, dass ich durchaus eine Mitschuld trug, dass unsere Beziehung in die Brüche gegangen war. Auch wenn das sein Fremdgehen nicht entschuldigte, musste ich wenigstens ehrlich zu mir selbst sein.

Ich wusste nicht, wie lange ich einfach an Jasons Brust geschmiegt dasaß. Mich selbst geißelte und bemitleidete, bis die Tränen endlich versiegten. Irgendwann fielen mir jedoch vor Erschöpfung die Augen zu und ich gestattete mir, mich zu entspannen. Ich war unendlich froh, dass ich Jason wenigstens als großen Bruder an meiner Seite haben konnte. Mein Fels in der Brandung.

Kapitel 2

Der tiefe Bariton meines Bruders weckte mich und es brauchte einen Moment, bis ich begriff, dass er telefonierte: »Ja, Dad. Nein, wir schaffen das schon, und wenn ihr eingeschneit seid, lässt sich daran nichts ändern.«

Während Jason der Antwort seines Dads lauschte, kraulte er mir geistesabwesend den Hinterkopf, was mich dazu brachte, mich leise brummend an seine breite Brust zu schmiegen. Seine Finger zögerten kurz, als er merkte, dass ich aufgewacht war, setzten ihr Werk dann jedoch fort.

Ich hatte keine Ahnung, wie viel Zeit vergangen war, aber ich fühlte mich zumindest ausgeruht und bei weitem nicht mehr so niedergeschlagen.

»Dad, Mel und ich sind keine Kinder mehr, wir schaffen es auch zu zweit die Feiertage zu verbringen, ohne uns an die Gurgel zu gehen.«

Wieder entstand eine Pause, die ich nutzte, um nach der Decke neben uns zu greifen und mich bequemer auf seinem Schoss zu positionieren.

Manchmal kam ich mir bei unserem Größenunterschied vor, als wäre ich ein Zwerg. Wohlig brummend schmiegte ich mein Gesicht wieder an seine Brust und atmete seinen Geruch, den ich so vermisst hatte, tief ein. Mein Körper fühlte sich träge und entspannt an. Wenn es nach mir ginge, würde ich nie wieder von ihm runterklettern.

Wo ich mich gerade schon am Tiefpunkt meines aktuellen Lebensweges befand, konnte ich dies wenigstens mit dem Gefühl genießen, von einem großen Bären gekrault und beschützt zu werden. Außerdem genoss ich diesen kleinen gestohlenen Moment, in dem ich mir gestatten konnte, ihn ganz nah an mir zu spüren.

Auch wenn seine Stimme neutral blieb und er seinem Dad weiter versicherte, dass wir - was auch immer - schon hinbekommen würden, spürte ich wie Jason sich unter mir immer mehr anspannte. Die Bewegungen an meinem Hinterkopf wurden fahriger, was mich wiederum unruhig machte.

Was hatte er nur?

Ich versuchte mich auf seinem Schoß aufzusetzen, um ihm ins Gesicht sehen zu können, doch dies erwies sich als schwieriger als gedacht. Irgendwie klemmte ich in der Kuhle zwischen seinen Beinen fest.

Ob es schlechte Nachrichten von unseren Eltern gab? Bisher hatte sich nichts danach angehört, als wäre es wirklich schlimm. Doch es musste ja einen Grund geben, warum ich spürte, wie sich fast jeder seiner Muskeln unter mir verhärtete.

Zappelnd probierte ich, mich in eine aufrechte Position zu schieben, während ich spürte, wie mein Stiefbruder sich von Sekunde zu Sekunde mehr anspannte.

Jasons Finger lösten sich von meinem Hinterkopf und sein Arm glitt hinab. Wie ein Schraubstock legte er sich um mich und seine große Hand fixierte meine Hüfte.

Irritiert hielt ich inne.

Was?

Ungehalten versuchte ich mich aus seinem Griff zu befreien, bevor ich plötzlich mitten in der Bewegung verharrte. Hitze stieg mir ins Gesicht und jeder Zentimeter meines Körpers ging in Flammen auf. Lang und hart presste sich Jasons Schwanz an meinen Hintern.

Überrascht zog ich die Luft ein und verharrte bewegungslos wie ein Reh im Scheinwerferlicht.

Ruhig sprach Jason weiter mit seinem Dad und würde ich nicht den Beweis seiner Erregung spüren, hätte ich es niemals für möglich gehalten.

Tief atmete ich ein und aus, was seinen Griff noch fester werden ließ.

Mir war vollkommen bewusst, dass ich aufstehen sollte und dass ich wegen meines großen Bruders kein aufgeregtes Flattern in meinem Bauch empfinden sollte. Trotzdem konnte ich nichts dagegen tun, dass sich zwischen meinen Beinen Hitze schneller als flüssige Lava ausbreitete.

Langsam ließ ich mich wieder gegen ihn sinken, schmiegte meine Wange erneut an seine Brust. Ich schloss meine Augen, lauschte seiner Stimme, ohne seinen Worten Beachtung zu schenken. Er hörte sich vollkommen normal an, während sich noch immer der unwiderlegbare Beweis seiner Erregung gegen mich presste. Doch auch wenn er seine Stimme unter Kontrolle hatte, war sein wild pochendes Herz unter meiner Wange nicht zu verleugnen. Es schlug eindeutig mit meinem um die Wette.

Das Gefühl, in einem seltsamen Traum gefangen zu sein, machte sich in mir breit. Meine Hüfte machte sich unruhig selbstständig, rieb sich an meinem großen Bruder. Ich war einfach unfähig der Härte zu widerstehen, die sich heiß gegen meine Hüfte presste. Vielleicht handelte es sich ja wirklich nur um einen Traum?

Jasons Griff wurde von Sekunde zu Sekunde fester, bis sein Arm mich wie ein Schraubstock fixierte und seine Hand auf meinem Hintern ruhte.

Er musste sich räuspern und ich hätte schwören können, dass seine Stimme jetzt tiefer war als sonst.

Er bestätigte irgendetwas, was mein Stiefvater wohl zuvor gesagt hatte und ich spürte, dass er nickte.

Gegen die Festigkeit seines Griffes ankämpfend, bewegte ich mich weiter, getrieben von der Sehnsucht einer Reaktion seinerseits.

Es war mir vollkommen klar, dass ich gerade etwas sehr Dummes tat, dennoch konnte ich einfach nicht anders.

Ich hörte, wie Jason das Gespräch schließlich beendete und spürte, wie seine ganze Aufmerksamkeit sich auf mich verlagerte. Augenblicklich verharrte ich in der Bewegung. Die Stille schwebte zwischen uns wie ein Damoklesschwert.

Ich sollte einfach aufstehen und gehen. Sollte nicht wegwerfen, was ich die letzten Jahre so mühsam aufrechterhalten hatte. Ich sollte …

Wieder bewegte ich meine Hüfte, während mein Verstand noch versuchte, mich davon abzuhalten. Der Teil von mir, der sich schon seit Jahren nach meinem Stiefbruder sehnte, nahm die blauen Flecken gerne in Kauf, die ich morgen vermutlich von seinen Fingern haben würde, die verzweifelt versuchten, mich stillzuhalten. Hart und schnell klopfte mein Herz in meiner Brust, während ich mein heißes Gesicht weiter an seiner Brust vergrub und meine Augen fest geschlossen hielt. »Mel, was tust du?«, presste Jason mit dunkler, belegter Stimme heraus und ich konnte hören, dass er die Zähne zusammenbiss.

Er bewegte sich nicht, hielt mich in seinem festen Griff, als würde unser beider Leben davon abhängen.

»Du bist hart, Jason«, flüsterte ich leise, das offensichtliche aussprechend.

Seine Finger zuckten an meinem Fleisch, und ich hörte, wie er tief durchatmete. Die Sekunden verstrichen, ohne dass er antwortete und ein Teil von mir rechnete fest damit, dass er mich gleich von sich schieben würde. Egal, was ich zu fühlen glaubte, es konnte einfach nicht real sein. Sicher würde seine Erektion jeden Moment nachlassen, weil er eigentlich an jemand ganz anderes gedacht hatte! Bestimmt würde ihm gleich bewusst werden, dass es nur seine kleine Stiefschwester war, die auf seinem Schoß saß und seine Erregung würde in sich zusammenfallen, wie ein Kartenhaus bei einem starken Windstoß.

Die Zeit verstrich, doch nichts dergleichen geschah. Weiter presste sich sein Schwanz überdeutlich an meinen Hintern und sein Griff hielt mich an Ort und Stelle. Überdeutlich spürte ich, wie seine Finger sich schmerzhaft in mein Fleisch bohrten, was meine Lust leider Gottes nur weiter anfachte.

Dies zeigte mal wieder, wie verkorkst ich eigentlich war. Zumal mein Spaß am Schmerz, nur eins der nicht von der Hand zu weisenden Probleme in meinem Sexleben war. Ich brauchte ihn. Nicht zu viel, aber dennoch präsent, steigerte er meine Lust. Zusammen mit noch ein paar weiteren schrägen Sachen, die es den meisten normalen Männern schwer machten mich zum Kommen zu bringen. Sexuell war ich ein kleiner Freak und dabei konnte ich mich nicht einmal auf eine schlimme Kindheit berufen. Es war einfach so. Und genau wie gegen die unglückliche Schwärmerei für meinen Stiefbruder, kam ich auch gegen meine sexuellen Vorlieben einfach nicht an. So hatte ich die letzten Jahre versucht, irgendwie damit zurechtzukommen. Bis heute.

»Ich darf wegen dir nicht hart werden, Schwesterchen«, erklang Jasons Stimme, in das lastende Schweigen und riss mich aus meinen Gedanken.

Mein Atem stockte.

Der Satz hing in der Luft und beide hörten wir das unausgesprochene ›Aber‹. Denn er war wegen mir hart. Ohne Zweifel erregt, weil seine kleine Schwester auf seinem Schoß saß.

»Nein, du darfst wirklich nicht wegen deiner kleinen Schwester so hart werden«, raunte ich gegen seine breite Brust. Wie von selbst bewegte meine Hüfte sich wieder gegen ihn.

Mit einem tiefen Stöhnen, das mir durch Mark und Bein ging, schob Jason sein Becken gegen mich.

Wir waren sowas von am Arsch, schoss es mir durch den Kopf.

Sanft drehte mich Jason etwas, so dass ich mein Gesicht von ihm lösen musste und schließlich mit dem Rücken an seiner Brust lehnte. Mein Hinterkopf sank gegen seine Schulter, während er sein Becken gegen meinen Hintern rieb.

Insgeheim dankte ich ihm dafür, ihm gerade jetzt nicht ins Gesicht sehen zu müssen, während meine Scham mit meiner Lust kämpfte.

Sein Atem wurde von Sekunde zu Sekunde schwerer, streifte mein Ohr und verursachte mir eine

Gänsehaut. Wie selbstverständlich fand seine Härte ihren Platz an meinem Hintern. Schmiegte sich in den Spalt und fuhr mit leichtem Druck auf und ab.

Es fühlte sich so gut an! Nach Jahren der Sehnsucht war es wie ein Rausch, in dem jede winzige Bewegung meinen Körper weiter in Brand setzte. Jeder Millimeter von mir fühlte sich erregt an und war bedürftig nach Berührung. Schmerzhaft drückten sich meine steifen Nippel gegen die Innenseite meines BHs und dürsteten nach Aufmerksamkeit. Wie eine rollige Katze, unfähig mich im Zaum zu halten, sehnte ich mich nach mehr Berührung. Mein Rücken rieb sich an ihm und ich genoss den Druck und die Wärme durch den Stoff unserer Kleidung hindurch.

Kein Wort kam über unsere Lippen, nur unser schwerer Atem erfüllte die Luft. Wir wussten beide, wie dumm das war, was wir gerade taten. Trotzdem hätte uns nicht einmal ein Erdbeben davon abhalten können. Jason ließ beide Hände unter meinen Pullover gleiten. Warm und rau spürte ich seine Handflächen meinen Rippenbogen entlangstreichen. Schließlich, erreichte er meine vor Verlangen schweren Brüste und streichelte sie durch den Stoff meines BHs. Knetete sie, bis ich wohlig seufzte.

Ich wölbte meinen Rücken an seiner Brust auf, um mich seinen Händen weiter entgegen zu schieben. Dann, wie aus dem nichts, zwirbelte er plötzlich meine erregten Brustspitzen durch den Stoff, was mir ein lautes Stöhnen entlockte.

Oh verdammt, ja!

Fiebrig heiß und mit dem Gefühl, dass meine ganze Mitte in Brand geraten war, rieb ich meinen Hintern an seinem Ständer.

»Wir dürfen das nicht, Schwesterchen!«, brummte seine dunkle Kieselsteinstimme an meinem Ohr, jedoch nicht ohne dabei weiter fest meine Nippel zu zwirbeln. Wir wussten beide, dass wir den Punkt zum Aufhören bereits überschritten hatten und so spornten seine Worte mich nur noch zusätzlich an. Ließen mich meine Scham abstreifen, wie einen zu engen Mantel.

Ich wollte ihn schon so lange!

Also drehte ich mich auf ihm um, bis ich breitbeinig auf seinem Schoß saß und sein Schwanz sich zuckend gegen meine, nur durch etwas Stoff geschützte, Spalte presste. Auge in Auge saßen wir uns gegenüber und sein Blick glühte heiß vor Lust. Er fixierte mich mit einer Intensität, die mir den Atem raubte und ein scharfes Einatmen entlockte. Als wollte er das Geräusch in sich aufsaugen, beugte er sich zu mir herab und presste seine Lippen hart auf meine. Wie ein Verdurstender, der schon viel zu lange Wasser entbehren musste, stürzte er sich auf meinen Mund. Leckte über meine Unterlippe, bis ich meinen Mund einladend öffnete. Als gäbe es nichts Dringlicheres auf der Welt, eroberte Jason mich mit seiner Zunge. Spielte mit mir. Duellierte sich mit meiner Zunge, bis ich das Gefühl bekam, dass er mich mit seinem Mund fickte. Währenddessen rieb sein Schwanz durch den Stoff meine Spalte. Seine Finger wanderten wieder unter mein Oberteil und bearbeiteten meine Nippel bis zur Schmerzgrenze durch den BH.

Warum hatte sich das mit Martin nie so gut ange-fühlt? Oder bei irgendeinem anderen meiner Freunde? Schoss es mir kurz durch den Kopf, bevor sich jegliche klaren Gedanken wieder verflüchtigten und durch eine weitere Flutwelle der Lust abgelöst wurden.

Kurz lösten sich Jasons Hände von meinen Nippeln und griffen nach meinem Becken. Gekonnt kippte er meinen Unterleib und mit einem leisen Schrei, den seine Lippen einfingen, nahm ich den intensiveren Druck auf meine Liebesperle wahr.

»Fühlt sich das gut an, Schwesterchen?«, raunte Jason an meinem Mund, während er seinen Raubzug an meinen Lippen kurz unterbrach. Seine Finger fanden zielsicher erneut zu meinen Brüsten und schenkten ihnen die Aufmerksamkeit, von der er jetzt schon bemerkt hatte, wie sehr ich sie genoss.

»Ja«, keuchte ich, während sich ein Feuerball in meinem Schoss zusammenballte und drohte, mich mit Haut und Haaren zu verschlingen.

»Du weißt, dass es eine ganz dumme Idee ist, was wir hier gerade machen? Auch wenn ich gerade nichts lieber tun würde, als meinen Schwanz in dich zu schieben!«

Hektisch atmend nickte ich an seinen Lippen, während ich wie rasend meine Mitte an seinem Schwanz rieb.

»So lange will ich dich schon ficken, kleine Schwester, deinen Mund, deine Fotze und deinen Arsch.«

Ich hätte es nie für möglich gehalten, solche vulgären Worte aus Jasons Mund zu hören. Wusste nicht einmal, dass sie in seinem Wortschatz vorkamen, doch sie zu hören, brachte mich nur noch weiter zum Auslaufen.

Als wollte er seine Worte unterstreichen, glitten seine Hände tiefer. Er packte meinen Hintern und ich spürte seine Finger, den Stoff, zwischen meinen Arschbacken entlang gleiten. Immer näher kamen sie meiner Hinterpforte, bis er sie schließlich mit festem Druck durch das Hindernis meiner Kleidung rieb.

Noch nie war Jason in meiner Gegenwart so verdorben gewesen. Dominant, manchmal rechthaberisch und übermäßig beschützend - ja! Aber nie hatte er in irgendeinem Kontext solch schmutzige Worte benutzt oder erkennen lassen, dass er mehr mochte als Blümchensex. Allerdings war das wohl auch nicht die Seite, die man seiner kleinen Stiefschwester zeigte.

Es brachte nichts, es zu verleugnen: Ich liebte es!

»Jason«, kam es mir unter wiederkehrendem Stöhnen über die Lippen. Mein ganzer Körper konzentrierte sich nur noch auf die Reibung seines Schwanzes und dem Gefühl seiner Finger an meiner verbotenen Pforte. Meine ganze Welt bestand nur noch aus seinen lustvollen Berührungen. Das verdorbene Wissen darum, dass es mein Stiefbruder war, der mir solche Lust schenkte, schickte mich direkt auf den Weg zu einem Höhepunkt und ließ mich am Abgrund der Lust verharren.

Wieder und wieder schob Jason sein Becken vor und reizte meine Perle. Dehnte meinen Muskelring durch den Stoff mit sanft stoßenden Bewegungen. Dann fand seine Linke wieder zurück zu meinen Nippeln. Zwirbelte sie fest und schmerzhaft, was einen Feuerstrahl direkt in meine pulsierende Mitte schickte und mich lauter Stöhnen ließ.

»Komm für mich, Schwesterchen! Zeig mir, was für ein schmutziges Mädchen du bist und wie gern du es dir von deinem großen Bruder besorgen lässt!«

Bei seinen Worten setzte mein letztes bisschen Verstand aus, und ich stürzte über die Klippe der Lust. Mein Inneres zuckte in einem wilden Orgasmus, während ich mich verzweifelt an ihm festklammerte. Schreie perlten über meine Lippen, die er schnell mit seinem Mund abdämpfte, als wollte er sie trinken.

Als das Pulsieren schließlich abflaute, sank ich erschöpft gegen ihn. Sanft schloss er mich in seine Arme und in der Realität ankommend vergrub ich mein Gesicht voller Scham an seiner Brust. Mir war nur allzu bewusst, dass sein Schwanz immer noch heiß und hart zwischen meinen Beinen lag.

Verdammt, wie hatte es nur dazu kommen können?

Im einen Moment hatte ich noch wegen meines betrügerischen Ex heulend an der Haustür gestanden und im nächsten Moment hatte ich den Schwanz meines Stiefbruders durch unsere Kleidung geritten.

Obwohl ich mich seit Jahren selbst ermahnte, die Finger von ihm zu lassen, hatte heute mein Verstand absolut ausgesetzt. Und warum zur Hölle hatte es auch noch so richtig gut sein müssen?

Bei Martin hat irgendwie immer etwas gefehlt, weswegen unser Sexleben nach 6 Monaten Beziehung kaum noch existent war. Na gut, seien wir ehrlich - er mochte Blümchensex und dafür noch gelobt werden. Mich machte die ewige Missionarsstellung aber einfach nicht an und so war Sex nach kurzer Zeit nicht mehr als eine gelegentliche lästige Pflicht gewesen. Eigentlich ziemlich dämlich von mir, aber ich wollte nicht allein sein und vielleicht wollte ich auch mir selbst beweisen, dass ich Jason nicht brauchte. Mit einem anderen Mann glücklich sein konnte. Bis Martin es mir, mit vielen Beleidigungen, gesagt hatte, war mir nicht einmal bewusst gewesen, dass unser letzter Sex schon Wochen her war. Es hat mir einfach nicht gefehlt. Vielleicht auch, weil ich mit meinen Toys durchaus regelmäßig einen Orgasmus hatte.

Ich war einfach so kindisch gewesen. Ich hätte diese Beziehung direkt beenden sollen, als ich merkte, dass wir einfach nicht kompatibel waren. Ein Teil von mir jedoch hatte sich in dem Versuch verloren, einfach nur eine ganz normale Beziehung führen zu wollen.

Und was hatte es mir gebracht? Jetzt saß ich hier und war auf dem Schoß des einzigen Mannes gekommen, von dem ich eindeutig die Finger lassen sollte und es war einer der besten Orgasmen meines Lebens gewesen! Einfach weil es schmutzig und verboten war, hatte es mich angemacht.

Egal wie man es drehte und wendete: Ich war nicht normal!

Je weiter ich herunterkühlte, desto überforderter fühlte ich mich von der Situation und der Nähe zu Jason. Mit verschämt gesenktem Kopf kletterte ich schließlich von meinem Bruder, und er ließ mich widerstandslos gehen.

»Ich geh' duschen«, flüsterte ich gepresst, bevor ich fluchtartig den Raum verließ.

Scheiße! Scheiße! Scheiße!

Kapitel 3

Im Flur griff ich nach meiner Tasche und machte mich eilig auf den Weg in mein altes Zimmer. Mein Herz klopfte noch immer bis zum Hals, und ich konnte nicht ganz fassen, was vor wenigen Minuten passiert war. Es fühlte sich absolut surreal an.

Dinge, die ich jahrelang zu wissen glaubte, waren auf den Kopf gestellt worden. Ich war immer davon ausgegangen, dass Jason mich nur als kleine Schwester sah. Dass ich einen festen Platz in seinem Herzen hatte, war nie eine Frage gewesen, aber er hatte sich nie anmerken lassen, dass er mehr in mir sah.

Oder vielleicht doch?

Bei unseren unzähligen Telefonaten hatte er selten ein gutes Haar an meiner Männerwahl gelassen. Er hatte immer klar gemacht, dass ich jemand verdiente, der mich auf Händen trug und mich zu schätzen wusste.

Nie war ein Mann - nach seiner Aussage - gut genug für mich gewesen.

Eifersucht?

Ich war mehr als nur ein bisschen durcheinander, und bevor ich es mich versah, stand ich vor meiner alten Zimmertür. Tief atmete ich ein und aus, versuchte meine Nerven zu beruhigen, bevor ich die Klinke nach unten drückte und die Tür öffnete. Mein Bett und die Möbel, die sich seit meinem Auszug nicht verändert hatten, sahen aus wie immer. Sie beruhigten mich mit ihrer Vertrautheit. Verankerten mich wieder in dem, was die letzten Jahre meine Realität gewesen war. Trotzdem blieb das Gefühl des Surrealen. Ich konnte einfach nicht fassen, was Jason und ich getan hatten. Natürlich waren wir mittlerweile erwachsen und nach dem Gesetz hatten wir nichts Unrechtes getan. Aber unsere Eltern waren verheiratet und wir waren nicht erst seit gestern Stiefgeschwister.

Verrückt! Die ganze Situation war einfach nur verrückt!

Ich öffnete meine Reisetasche und nahm mir frische Unterwäsche heraus. Mit einem schiefen Grinsen zog ich auch die kleine Pappkiste hervor und stellte sie aufs Bett. Ich musste sie nicht öffnen, um zu wissen, dass darin mein ganz privates Spielzeug auf mich wartete. Schließlich wollte ich über eine Woche bleiben, und da konnten die Nächte schon mal lang werden.

Wieder einmal wurde mir bewusst, wie unausgefüllt die Beziehung mit Martin gewesen war. Er hatte von Anfang an Spielzeug im Bett als Konkurrenz angesehen und sogar von mir verlangt, meine kleine Sammlung zu entsorgen. Natürlich hatte ich das nicht getan und es einfach nicht mehr zur Sprache gebracht. Vielmehr hatte ich mich alleine mit meinen Toys beschäftigt, die Martin irgendwann tatsächlich gänzlich ersetzt hatten.

Im Nachhinein war seine Eifersucht wohl nicht ganz unbegründet gewesen. Wohl auch einfach, weil er es nicht geschafft hatte, sich auch nur im Geringsten auf meine Bedürfnisse zu konzentrieren.

Was stimmte eigentlich nicht mit mir? Oder stimmte etwas mit Martin nicht? Lag es einfach daran, dass wir nicht zusammenpassten?

Seufzend schüttelte ich den Kopf. Für die Antwort auf diese Frage brauchte es keinen Hellseher oder Psychologen. Es war noch keine 15 Minuten her, dass ich einen Orgasmus auf dem Schoß meines Stiefbruders gehabt hatte, während er mir schmutzige Dinge ins Ohr flüsterte. Zu meinem Verdruss konnte ich mich nicht einmal erinnern, schon jemals etwas Besseres erlebt zu haben.

Es lag also ziemlich eindeutig an mir und an meiner verdammten Fixierung auf Jason, die ich seit Jahren nicht loswurde.

Das Schlimmste war jedoch: Ich war immer noch geil und am liebsten wäre ich wieder zu ihm nach unten gegangen.

Dumm, Mel! Einfach nur dumm!

Während ich mich auszog, überlegte ich kurz, etwas aus meiner Kiste mit unter die Dusche zu nehmen, um wenigstens noch etwas Dampf abzulassen und mein grübelndes Gehirn zum Schweigen zu bringen. Es war jedoch klar, dass meine Gedanken dann unweigerlich wieder zu Jason wandern würden. Wobei es in der aktuellen, vertrackten Situation sicher nicht zielführend wäre, mich unter der Dusche mit einem Dildo zu verwöhnen und dabei Jasons Namen zu stöhnen. Das erotische Bild, das ich bei diesen Gedanken vor Augen hatte, machte die Situation nur noch schlimmer.

Ach verdammt! Ich sollte mir nach den Feiertagen wirklich einen guten Kopfdoktor suchen.

Schnell ging ich ins Bad, bevor ich es mir anders überlegen konnte, und schlüpfte unter die Dusche. Ich wusch mir den Schweiß der Autofahrt und des anschließenden kleinen Intermezzos, auf dem Sofa, mit meinem Pfirsichduschgel von der Haut. Doch trotz aller guten Vorsätze konnte ich nicht verhindern, dass die Erinnerung an Jasons harten Schwanz durch meine Gedanken geisterte. Jahrelang hatte ich mich genau nach so etwas gesehnt und mir, wenn ich nachts wach lag, auch das eine oder andere Mal im Detail ausgemalt. Jetzt rasten die Bilder des eben Erlebten durch meinen Kopf und waren so viel besser als meine Fantasie. Meine Hand verselbstständigte sich und fand ihren Weg zu meiner Perle. Ein leises Seufzen entwich meinen Lippen, wurde jedoch vom Prasseln der Dusche geschluckt.

Mit Sicherheit saß mein Stiefbruder immer noch unten auf der Couch. Nur das er mittlerweile seinen harten Schwanz in der Hand hielt und diese langsam auf und ab gleiten ließ. Das Bild, seiner um seine Länge pumpenden Hand, schickte ein weiteres Seufzen über meine Lippen und ließ meine Mitte vor Hitze glühen.

Oh, Mel. Du schmutziges Mädchen!

Meine Stirn sank gegen die kühlen Fliesen der Duschwand, während ich mich weiter streichelte und meine Finger durch die Feuchtigkeit meiner Spalte gleiten ließ. Drei meiner Finger fanden den Weg in meinen

Eingang und ich bedauerte, die Kiste mit meinem Spielzeug auf dem Bett liegengelassen zu haben.

Vielleicht sollte ich sie kurz holen?

Ja, wenn ich diese unselige Geilheit losgeworden wäre, könnte ich mit Sicherheit wieder klarer denken.

Gerade als ich mich umdrehen wollte, um meinen Gedanken Taten folgen zu lassen, fuhren plötzlich warme Hände über meine Flanken.

»So bedürftig, Schwesterchen? Du hättest doch nur sagen müssen, dass du mehr brauchst.«

Jasons dunkle Stimme an meinem Ohr ließ mich ertappt zusammenzucken, bevor er auch schon näher rückte. Deutlich spürte ich den großen und sehr nackten Körper meines Stiefbruders hinter mir, wo seine warme Haut meine berührte. Ebenso deutlich seine Erektion an meinem unteren Rücken.

Wie lange war er schon da gewesen und hatte mir zugesehen?

Scham überkam mich und ließ mich erröten.

»Wir sollten das nicht tun, Jason«, wisperte ich, über das Plätschern des Wassers hinweg.

»Ich weiß, Schwesterchen«, flüsterte er dicht an meinem Ohr, während seine rechte Hand schon an meinen Seiten abwärts glitt und den Weg zwischen meine Schenkel fand. Zwei dicke Finger schoben sich in meinen vor Geilheit gefluteten Eingang, dehnten mich und füllten mich aus. Wieder und wieder stieß er in mich, während ich von Lust getrieben den Rücken durchbog, um ihm besseren Zugang zu gewähren, und im Takt seiner Stöße leise stöhnte.

»Wir sollten, dass nicht tun«, wiederholte er meine Worte. »Aber unsere Eltern sind eingeschneit und kommen die nächsten Tage nicht zurück, und wie es der Zufall so möchte, haben wir heute Jahre der Zurückhaltung und guten Vorsätze einfach zunichte-gemacht. Also werde ich die nächsten Tage das tun, was ich schon mit meiner süßen 16 jährigen Stief-schwester machen wollte, als ich sie zum ersten Mal gesehen habe.«

Mit diesen Worten begann er, mich härter zu stoßen, was ich mit einem Stöhnen quittierte. Ohne ihm auch nur im Geringsten zu widersprechen, schob ich ihm mein Becken entgegen, um jeden seiner Stöße freudig zu empfangen. Denn wem wollte ich etwas vor-machen, ich wollte das hier genau so sehr wie er.

Wieder und wieder versenkte er seine Finger in mir, bis mein Stöhnen laut in dem kleinen Badezimmer widerhallte. Die unanständig schmatzenden Geräu-sche, beim Hinein- und Herausgleiten, ergänzten die Geräuschkulisse und übertönten sogar das Plätschern des Wassers.

Als mein Stiefbruder unvermittelt innehielt, entlockte mir das ein ungehaltenes Knurren.

»Nur Geduld, mein süßes Schwesterchen«, raunte er mit belustigtem Unterton, bevor er mich neu positionierte. Sanft zog er mein Becken nach hinten, so dass ich mich weiter nach vorne beugen musste. Meine Hände stützten sich an der Wand ab, um das Gleichgewicht nicht zu verlieren. Vorfreude flutete mein Nervensystem und aus meinen Lauten des Unwillens, wurde ein bedürftiges Winseln. Einladend reckte ich ihm meinen Hintern entgegen und nahm genüsslich seine Finger wieder auf, die nun noch etwas tiefer in mich eindringen konnten.

»Eigentlich bin ich in dein Zimmer gekommen, um mit dir zu reden«, raunte er, über mich gebeugt, dicht an meinem Ohr. Ein zusätzlicher Finger fand den Weg in mich und dehnte mich weiter. Keuchend ließ ich meine Stirn gegen die Wand sinken, lauschte seinem Monolog und genoss die fast schmerzhafte Dehnung.

»Dann habe ich die Kiste auf deinem Bett stehen sehen. Ich hätte nicht hineinsehen sollen, aber ich habe auf dich gewartet und ich gebe es zu, ich war neugierig.«

Leicht spreizte er seine Finger, und wieder entkam mir ein Stöhnen.

»Im Grunde wollte ich nur ein guter großer Bruder sein und dir deinen Freiraum lassen, bis wir darüber reden können, was eben passiert ist. Ich möchte doch nur, dass es dir gut geht ...«, ließ er mich wissen, während er seine Hand etwas drehte. Sein Daumen strich sanft über meinen Anus und verteilte etwas von meiner Feuchtigkeit darauf.

»Du glaubst gar nicht wie überrascht ich war, als ich die Kiste geöffnet habe.«

Mit diesen Worten drückte sein Daumen gegen den engen Muskelring. Ich begann ein erregtes Keuchen von mir zu geben, während ich ihm meinen Hintern weiter entgegenstreckte und mich förmlich selbst auf seinem Daumen aufspießte.

»So gierig, kleines Schwesterchen und so viele Spielzeuge, für alle deine Öffnungen.«

Langsam bewegte er seine Hand vor und zurück und penetrierte so meine beiden Löcher, während ich vor Geilheit auslief.

»So viele Möglichkeiten ein ungezogenes Mädchen wie dich zum Kommen zu bringen. Hätte ich nur all die Jahre gewusst, was für ein schmutziges Luder du bist.«

Tief spürte ich seine Finger in mir.

»Dann habe ich dein leises Stöhnen gehört.«, seine Stimme veränderte sich bei diesen Worten. Wurde tiefer, bis sie dem Knurren eines großen Tieres glich.

Es machte mich so an!

Weiter fickte er mich mit seinen Fingern in beide Löcher, mit langsam zunehmender Geschwindigkeit.

»Sag das ich aufhören soll, Mel! Sag, dass ich pervers bin und meine kleine Stiefschwester nicht so dringend ficken wollen dürfte. Sag es und ich höre sofort auf!«

Heiser und getrieben raunte er mir die Worte in mein Ohr, während er sich noch ein Stück tiefer in meine Löcher schob.

Plötzlich hielt er inne, sein Atem eben so laut und rau wie meiner, mühsam um Beherrschung ringend.

»Sag, dass ich aufhören soll, Mel!«

Sein fast verzweifeltes Knurren ließ meine Nippel hart werden.

Ich brauchte ihn so sehr!

Die fehlende Reibung durch seine Finger trieb mich in den Wahnsinn und ich hatte mir das schon so oft gewünscht. So oft ausgemalt ...

»Nein, hör nicht auf, Jason! Bitte hör nicht auf«, kam es mir mit vor Verzweiflung und Lust brüchiger Stimme über die Lippen.

Seine Wange sank gegen meinen Hinterkopf und er atmete hörbar aus. Ich konnte förmlich spüren, wie die Anspannung aus seinem Körper wich. Als hätte er wirklich erwartet, dass ich ihn abweisen würde, während seine Finger tief in mir steckten.

»Wenn du das wirklich willst, wenn du dir wirklich sicher bist, werden wir die nächsten Tage jede schmutzige Fantasie, jede geile Spielart ausprobieren, die wir uns die letzten Jahre verboten haben. Wir werden so viel ficken, dass wir einfach genug voneinander haben!«

In meinem vor Geilheit umnebelten Gehirn klang das nach einer hervorragenden Idee.

Indem ich mich auf die Zehenspitzen stellte, spießte ich mich weiter auf seine Finger auf und stieß dabei stöhnend meine Zustimmung hervor.

»Ja!«

Ein Kuss auf meinen Hinterkopf belohnte mich für meine Worte. Anstatt mich aber weiter zu stoßen, verschwanden seine Finger aus meinem bedürftigen Körper. Protestierend wollte ich mich umdrehen doch sein Knurren hielt mich zurück.

»Stehen bleiben und lass die Hände an der Wand!«

Ich wusste, ich hätte mich widersetzen können, aber ich wollte nicht. Ich wollte genau wissen, was er sich ausgemalt hatte. ›Jede schmutzige Fantasie‹, hatte er gesagt und ich wollte sie alle kennenlernen.

Das Rieseln der Dusche verschwand und ich hörte, wie das Geräusch sich veränderte.

Hatte er den Duschkopf abgeschraubt?

Bevor ich mich versah, spürte ich einen Wasserstrahl auf meiner Haut. Das kam eindeutig direkt aus dem Schlauch. Er war sanft und das Wasser gerade körperwarm. Weich floss es zwischen meinen Arschbacken hindurch. Obwohl ich vor Geilheit bebte und das Bedürfnis gefickt zu werden so dringend war wie Atmen, ließ ich Jason gewähren. Weiter wanderte der Strahl hinab, bis ich ihn schließlich direkt an meinem Anus spürte.

»Schön entspannt bleiben, Schwesterchen, mein Daumen hat dich schon gut gedehnt. Es wird also nicht weh tun. Wir nehmen auch nicht zu viel.«

Während er das sagte, spürte ich, wie er das Ende des Schlauches gegen meinen Hintereingang drückte, ein Stück den Weg in mich fand und das warme Wasser sanft in mich strömte. Es kostete mich einige Willensanstrengung nicht zu verkrampfen, doch dann war es auch schon vorbei. Jason zog den Schlauch zurück, nur damit ich unmittelbar darauf etwas Kaltes an meinem Schließmuskel spürte. Sanft, aber bestimmt schob sich etwas in mich, bis es mich fest verschloss und das Wasser in mir hielt.

Mein Plug, wie mir in diesem Moment klar wurde, und er hatte auch an das Gleitgel gedacht, so leicht, wie das Sexspielzeug in mich geglitten war. Anscheinend hatte, mein lieber Stiefbruder, schon bevor er das Bad betreten hatte, einen Plan gehabt. Er hatte sich vorher schon ausgemalt, was er mit mir tun würde und alles vorbereitet. Einen Moment war ich unsicher, ob mir der Gedanke Angst machte. Ich spürte in mich hinein. Nein, ich vertraute Jason, ohne Wenn und Aber, trotzdem konnte ich nicht jegliche Befangenheit abstreifen.

»Jason, was machst du?«, keuchte ich zwischen Unsicherheit und Geilheit hin und her gerissen. Analspiele mit meinem Plug waren mir sicher nicht unbekannt, aber das, was Jason gerade mit mir machte, war doch vollkommenes Neuland.

»Letztendlich, süßes Schwesterchen, machen wir bei dir eine kleine Analspülung, bevor ich dich nachher mit meinem Schwanz in deine kleine, enge Hinterpforte ficken werde. Und weil es sich geil anfühlt, lasse ich das Wasser kurz in dir. Hierbei hilft der Analplug ungemein, den ich einfach nicht in deiner Spielzeugkiste zurücklassen konnte. Während du gleich deinen Hintern zusammenkneifst, um keinen

Tropfen zu verlieren, ficke ich dich, bis du schreist und nach mehr bettelst.«

Während er sprach, drückte Jason immer wieder auf das breite Ende des Plugs. Das Wasser in meinem Darm und der Fremdkörper, der sich in mir bewegte, waren eine lustvolle Kombination. Zudem hatte seine kleine schmutzige Erklärung, meine Säfte weiter zum Fließen gebracht. Als Jason jetzt auch noch begann meinen Kitzler zu reiben, zog ich meine Rosette kräftig um das schmale Stück des Plugs zusammen, damit auch das Wasser an Ort und Stelle blieb. Das Gefühl von Schwere und Völle ließ mich lustvoll aufstöhnen.

»So ist es gut, Schwesterchen.« Sanft stieß mein Stiefbruder weiter gegen das Ende des Toys und brachte das Wasser in mir zum Schwappen. Fest musste ich den Muskelring zusammenziehen, damit auch kein Tropfen entkam, während mein Körper mir den Befehl gab genau gegenteilig zu handeln. Jasons Hand verschwand vom Spielzeug und schlüpfte in meine auslaufende Grotte, während er mit der Anderen weiter meinen Kitzler rieb.

»So geil eng und feucht«, raunte er, während er mehrere Finger in mich zwängte und meinen Tunnel fast schmerzhaft dehnte. Der Druck durch seine Finger, das Wasser und den Plug, katapultierten mich zur Spitze der Geilheit.

Dennoch waren mir seine Finger nicht genug.

Ich brauchte mehr, brauchte ihn tiefer!

Ich wollte und brauchte Jasons Schwanz!

Doch aufgrund unseres körperlichen Größenunterschieds würde er mich so nicht ficken können.

»Jason, ich brauche dich! Ich brauche dich in mir!«, bettelte ich.

»Ist das so, Schwesterchen? Willst du meinen Schwanz in dir?«

Fester, fast brutal schob er seine Finger tiefer in mich und ein heiserer Schrei entkam meinen Lippen.

»Willst du, dass ich dich mit meinem Schwanz ficke?«

In mir krümmte er seine Fingerspitzen und übte Druck nach oben aus, während er seine Finger weiter in mir bewegte.

»Ja, bitte! Bitte, gib mir deinen Schwanz!« flehte ich ihn an, während sich mein Inneres um die Eindringlinge spannte.

»Wie könnte ich meiner kleinen Schwester einen solchen Wunsch abschlagen?«

Seine Finger verschwanden und ich spürte seine starken Hände auf meiner Hüfte. Mein Stiefbruder drehte mich um, bis ich ihm in seine vor Leidenschaft glühenden Augen blicken konnte. Als wöge ich nichts, legte er seine Hände unter meinen Hintern und hob mich hoch. Fest zog ich dabei meinen Schließmuskel zusammen, während auch Jason mit seinen Fingerspitzen das Spielzeug an Ort und Stelle hielt. Er lehnte mich gegen die Wand und die kühlen Fliesen jagten einen Schauer über meine Haut. Dann veränderte er seinen Griff, umfasste mich mit einem Arm, während sich eine Hand von hinten unter meinen Hintern schob. Es war fast, als würde ich auf seiner Hand sitzen, während sich dadurch der Plug tiefer in mich schob und keinen Millimeter aus mir heraus konnte. Sein Oberkörper drängte sich an mich, fixierte mich an der Wand, bis ich das Gefühl bekam, von Jasons riesigem Körper eingehüllt zu sein. Seine Fingerspitzen stießen gegen das breite Ende des Plugs, während seine glühenden Augen meinen Blick gefangen hielten. Sein Gesicht schwebte über meinem, so nah, dass ich seinen Atem auf meinen Lippen spüren konnte. Langsam beugte er sich zu mir hinab, küsste mich voller Zärtlichkeit, während er weiter gegen das Toy stieß. Sekunden lang schien es so, als würde er jedes keuchende Stöhnen, das mir entwich von meinen Lippen küssen und in sich aufsaugen.

Er bewegte sich, griff mit seinem zweiten Arm nach unten, und auch ohne dass ich es sah, wusste ich, dass er seinen Schwanz in Position brachte. Endlich spürte ich sein hartes Stück Fleisch, auf das ich so lange warten musste. Genüsslich schloss ich die Augen, öffnete meine Lippen. Seine Zunge drang in meinen Mund und groß und heiß drang sein Schwanz gleichzeitig in meine bedürftige Öffnung. Glitt immer tiefer in mich und füllte mich aus, dass ich mich vor hilfloser Gier nur an ihn klammern konnte, während unsere Zungen sich duellierten. Seine zweite Hand wanderte zu meinem Hintern. Hielt mich, während der Plug und sein Schwanz in mir um jeden Millimeter Platz kämpften, bis beide tief in mir steckten. Ich konnte mich nicht erinnern, schon einmal so ausgefüllt gewesen zu sein. Unsere Lippen trennten sich und sein Oberkörper zog sich etwas zurück. Dann begann er endlich, mich zu ficken. Nicht sanft oder zärtlich, sondern drängend und hart. Als hätte er nach Jahren des Wartens kein Quäntchen Geduld mehr.

Hilflos hielt ich mich an seinen breiten Schultern fest. Nahm Stoß für Stoß in mich auf. Winselte vor überschäumender Lust. Immer weiter holte seine Hüfte aus. Immer härter pumpte er seinen Schwanz in mich.

Aus meinem Winseln wurden Schreie, während sein Schwanz mich bis zum Anschlag ausfüllte und den Übergang zu meiner Gebärmutter küsste.

Heiße Glut sammelte sich in meinem Unterleib. Sammelte sich in meinem Arsch und in meiner zum Bersten gefüllten Spalte.

»Ja, großer Bruder, bitte! Fick mich! Fick mich, wie du es hättest schon vor Jahren tun sollen!«

Das Knurren, das sich daraufhin in Jasons Kehle bildete, hätte jedem Bären zur Ehre gereicht. Sein Schwanz wurde noch etwas dicker, begann zu zucken, während seine Hüften wie rasend in mich pumpten. Süßer Schmerz breitete sich in meinem Unterleib aus, wo er grob am Ende meiner Grotte anstieß. Er verlor vollkommen die Beherrschung, als hätte er jeden vernünftigen Menschenverstand hinter sich gelassen.

Und ich liebte es!

Er kommt, war mein letzter Gedanke, bevor mein eigener Orgasmus mich überflutete und mein heiserer Schrei von den gefliesten Wänden widerhallte.

Sanft setzte Jason mich ab. Als spürte er, wie verletzlich ich mich gerade fühlte, schloss er mich in die Arme und küsste zärtlich meinen Scheitel.

»Alles Okay, Mel?«

Mit dem Gesicht an seiner Brust vergraben nickte ich. Mein Hintern erinnerte mich unsanft daran, dass nun doch endlich der richtige Zeitpunkt war, um eine Toilette aufzusuchen.

»Ich muss nur auf Klo«, flüsterte ich verschämt.

Wie sich Gefühle mit abklingender Lust doch ändern konnten.

Jason ließ mich los, um mir prüfend ins Gesicht zu sehen.

»Ist sonst alles in Ordnung? War ich zu grob?«, setzte er nach, und die Unsicherheit stand ihm ins Gesicht geschrieben. Mit einem Augenverdrehen schob ich ihn von mir.

»Jason, du warst nicht zu grob. Ich bereue nichts und es war toll. Wir hätten das schon vor Jahren machen sollen. Aber verdammt noch mal, ich muss aufs Klo!«

Der verblüffte Gesichtsausdruck meines Stiefbruders war unbezahlbar, bevor sich zuerst seine Mundwinkel hoben und dann seine Hände, in offensichtlicher Kapitulation.

»Ist ja gut, ich bin ja schon weg!«

Kapitel 4

Als ich aus dem Bad trat, war mein Zimmer leer.

Leise Geräusche waren von unten zu hören, und ich ging davon aus, dass Jason in der Küche hantierte.

Vermutlich wollte er mir etwas Zeit geben, mich mit dem, was passiert war, auseinanderzusetzen. So hart er sich von Zeit zu Zeit auch gab, so einfühlsam und sanft war mein Stiefbruder mitunter. Immer darauf bedacht, dass es mir gut ging.

Ungeachtet dessen bereute ich keine Sekunde, der letzten Stunden, seit ich nach Hause gekommen war. Wir hätten beide taub und blind sein müssen, um über die Jahre hinweg nicht zu merken, dass da mehr als familiäre Gefühle zwischen uns waren. Wir hatten nur beide genügend Anstand und Respekt gegenüber unserer Familie, um diese Grenze nicht zu überschreiten.

Bis heute.

Ich hatte meine Zweifel, ob wir es schaffen würden, wieder zur Normalität zurückzukehren, egal, was wir uns vornahmen. So etwas war schnell daher gesagt, im Rausch der Leidenschaft, nüchtern betrachtet, aber selten von Erfolg gekrönt. Aber das Kind war nun mal in den Brunnen gefallen, und wir konnten die Zeit nicht zurückdrehen. Also konnten wir auch das Beste aus der Situation machen und die nächsten Tage die Vernunft einmal außen vor lassen und einfach genießen.

Was war die Alternative? Wegrennen? Auswandern? Mit unseren Eltern über die Situation reden?

Wohl kaum! Allein der Gedanke daran ließ meinen Magen sich vor Entsetzen verkrampfen.

Also schob ich alle grüblerischen Gedanken bewusst beiseite und überlegte, was ich anziehen sollte. Mein Blick fiel auf Jasons Shirt, das er wohl eben auf dem Bett liegengelassen hatte und ich zuckte die Schultern. Was soll's.

Ohne weiteres Zögern streifte ich den hellen Stoff über und beließ es dabei, da ich Unterwäsche heute Abend vermutlich sowieso nicht lange tragen würde. Meine Haare waren feucht und die langen braunen

Strähnen sorgten bereits nach wenigen Augenblicken dafür, dass Jasons Shirt an einigen Stellen durchscheinend wurde.

Ein letzter Blick in den Spiegel verriet mir, dass ich in dem unschuldigen Weiß und dem viel zu großen Shirt optisch gerade nicht allzu weit von meinem 16-jährigen Ich entfernt war.

Eine Mischung aus Nervosität und Vorfreude durchströmte mich, und entschlossen öffnete ich meine Zimmertür. Ich hörte Geräusche aus der Küche, und vorsichtig stieg ich die Treppe hinunter, um ihnen auf den Grund zu gehen. Der Geruch von Bratkartoffeln empfing mich. Jason stand mit dem Rücken zu mir am Herd und rührte in einer Pfanne, deren Inhalt vor sich hin brutzelte. Auf der Küchenzeile neben ihm lagen einige Dinge auf der Arbeitsfläche aufgereiht. Ohne mein Zutun gingen meine Augenbrauen nach oben, als ich sie mir genauer ansah: ein Cocktail-Stößel aus Metall, eine Möhre, eine Gurke und zum Abschluss eine ziemlich dicke Zucchini. Alles glänzte feucht, als wäre es frisch abgewaschen.

Ich hätte fast vermutet, dass er sie zum Kochen benötigte, wären sie nicht nach Größe aufgereiht dagelegen. Wie kleine Küchensoldaten, die auf ihren Einsatz warteten. Zudem erschloss sich mir nicht, wofür er den Cocktail-Stößel benötigen könnte. Fragend sah ich Jason an, der diesen Moment wählte, um sich zu mir umzudrehen.

Ein verschmitztes Lächeln stahl sich auf seine Lippen, als er meinen Blick bemerkte, das sich schnell zu einem ausgeprägten Grinsen ausdehnte. Erleichtert nahm ich zur Kenntnis, dass auch bei ihm kein Anzeichen von Reue zu erkennen war. Was er mir auch gleich mit seinen folgenden Worten bestätigte: »Erinnerst du dich noch an Ostern, als du mit dem kurzen Rock neben deiner Mutter in der Küche gestanden hast? Ihr habt die Gemüselasagne und den Salat vorbereitet. Dir ist eine Möhre runter gefallen und du hast dich gebückt, um sie aufzuheben. Ich stand im Türrahmen.«

Ich erinnerte mich an den Tag und meinen kurzen Schreck, als ich festgestellt hatte, dass er hinter mir stand und vermutlich gerade einen sensationellen Blick auf meine Unterwäsche gehabt hatte. Anscheinend war mein Gefühl dahingehend genau richtig gewesen.

»Den restlichen Tag verfolgten mich Bilder von Gemüse, und wie ich dir einfach deine Unterwäsche zur Seite schieben könnte ...«

Seine Augen glühten bei diesen Worten, als wollte er mich verbrennen und schickten ein süßes Ziehen in meine Mitte.

»Wie ich dir zuerst eine Möhre in deine süße Spalte schiebe könnte und dich dabei lecken, bis du dich mit weit gespreizten Beinen, auf dem Esstisch, in deinen eigenen Säften windest.«

Das süße Ziehen wurde augenblicklich stärker, als ich sein Kopfkino mit ihm teilte.

Mit einem Lächeln deutete er auf das kleine Sammelsurium, welches auf der Anrichte lag.

»Daran habe ich eben gedacht und habe plötzlich so einiges, was hier rumlag, mit neuen Augen gesehen.«

Er wollte alles, was dort aufgereiht lag, in mich schieben? Mich dabei lecken? Und das, während ich auf dem großen Esstisch unserer Eltern lag?

In diesem Moment bereute ich, dass ich keine Unterwäsche trug. Es war nur eine Frage der Zeit, bis es ganz offensichtlich wurde, was ich von seiner Idee hielt und mir meine Säfte die Beine herunterlaufen würden. Mir wurde heiß und auch ohne Spiegel wusste ich, dass meine Haut einen rosigen Farbton annahm und man mir meine aufsteigende Erregung an der Nasenspitze ansehen konnte.

Auch Jason entging das nicht. Er studierte meine Reaktion genau und augenscheinlich gefiel ihm, was er sah. Sein Lächeln wurde breiter.

»Aber jetzt essen wir erst einmal eine Kleinigkeit, Schwesterchen, sonst fällst du mir noch vom Fleisch.«

Sanft schob er mich zum Esstisch, den ich gerade mit vollkommen anderen Augen sah. Funken der Erregung traktierten meine auslaufende Mitte und im Stillen dankte ich der Vorliebe meiner Mutter für die glatten Sitzflächen der Stühle. Jedes Polster unter mir hätte innerhalb von Sekunden feuchte Flecken bekommen.

Jason hatte bereits für uns beide gedeckt und schob mich auf den Stuhl am Kopfende. Anschließend wendete er sich ab, um die Bratkartoffeln zu holen. In der zweiten Hand trug er eine Schale, in der alles, was eben noch auf der Arbeitsplatte aufgereiht gewesen war, lag. Er stellte beides ab und setzte sich zu meiner rechten. Sein nachdenklicher Blick fixierte mich und sein Lächeln schwankte eine Sekunde.

»Du kannst jederzeit ›nein‹ sagen, Mel. Ich werde dich nie zu etwas zwingen. Das weißt du?!«

Mein anhaltendes Schweigen hatte ihn wohl verunsichert und war mir selbst gar nicht so bewusst gewesen. Aber ja, ich hatte kein Wort gesagt, seit ich nach unten gekommen war.

Ich rutschte mit dem Stuhl etwas näher an ihn heran, ohne seinen Blick loszulassen. Anschließend drehte ich mich so, dass nur noch eine kleine Kante des Tisches zwischen uns war. Zuletzt stellte ich meinen Fuß, auf seinen Stuhl, so dass das Shirt nach oben

rutschte und meine feuchte Mitte seinem Blick frei-
gab.

»Ob ich das will Jason?«

Demonstrativ zog ich das Shirt noch höher. Hob kurz
den Hintern, bis sich der Stoff um meine Taille
bauschte und mein ganzer Unterleib für ihn sichtbar
wurde.

»Nimm deine Hand und spüre, ob ich das will,
großer Bruder.«

Bewusst wählte ich diese Anrede, weil ich heute
schon mehrfach bemerkt hatte, dass es ihn erregte.

So auch jetzt.

Seine Hand schoss nach vorne, in meinen Nacken
und zog mein Gesicht nah an seines heran. Die Tisch-
kante bohrte sich dabei in meine Seite, doch nichts
hätte mir gleichgültiger sein können. Jasons Atem kitzelte meine Lippen, während seine zweite Hand
meinen Oberschenkel fand. Seine Finger strichen
meine Haut entlang, bis er an der vor Lustsaft
gefluteten Spalte angelangte und ohne Umschweife
seine Finger in mich schob. Sanft fickte er mich, während er federleichte Küsse auf meine Lippen hauchte.
Er lauschte mit mir dem schmatzenden Geräusch, das
den Raum erfüllte. Schwer kam unser Atem über
unsere Lippen und unsere Augen klebten aneinander,
als gäbe es nichts anderes auf der Welt.

»Mein kleines, geiles Schwesterchen«, hauchte er an meinem Mund. Dann presste er seine Lippen plötzlich hart auf meine, während er seine langen Finger tiefer in mich schob, bis ich das Gefühl hatte, dass er am Ende meines Tunnels anstieß. Ein Stöhnen entkam mir und füllte seinen Mund. Sein Daumen strich über meine Klitoris und ein weiterer meiner bedürftigen Laute wurde von seinem Mund geschluckt.

Das fühlte sich einfach so verdammt gut an!

Sanft zog er seine Finger aus mir zurück. Unwillig knurrte ich und musste gleichzeitig lächeln, weil mir bewusst wurde, dass ich gerade wie eine rollige Katze agierte - gierig und instinktgesteuert.

Miau!

Bevor ich mich beschweren konnte, schob sich etwas Hartes, Kaltes in meine heiße, feuchte Spalte. Ganz automatisch zog sich aufgrund der Temperatur des Eindringlings alles in mir zusammen. Doch Jason zeigte keine Gnade und presste die abgerundete Spitze des Cocktail-Stößels, worum es sich hier eindeutig handelte, bis zum Anschlag in mich. Mit einem letzten kurzen Kuss löste er sich von mir und setzte sich aufrecht hin. Es entging mir jedoch nicht, dass dies nicht geschah, ohne seinen deutlich erigierten Schwanz in seiner Hose zu richten.

»Jetzt setzt dich wie ein braves Mädchen gerade hin und lass uns eine Kleinigkeit essen«, wies er mich mit einem Lächeln an. Vorsichtig schob er meinen Fuß von seinem Stuhl, und ich musste unweigerlich meine Sitzposition anpassen. Wir wussten beide, dass der Stößel so lang war, dass er einige Zentimeter aus mir heraus ragte. Aus diesem Grund war ein ruhiges Sitzen kaum möglich, da er bei jeder kleinsten Bewegung in mir anstieß und mich an seine Existenz erinnerte.

Stöhnend biss ich mir auf die Unterlippe, als ich meinen Stuhl zurechtrückte und mich, wie Jason es wünschte, vor meinen Teller setzte.

Verdammt, das würde mich umbringen!

Der Stab füllte mich bis zum Ende aus und verursachte einen leichten Lustschmerz, der mich weiter auslaufen ließ und meine Sehnsucht schürte, ihn zu reiten.

»Ich befürchte, Jason, bevor dieses Essen endet, wird der Stuhl unter mir pitsch nass sein.«

»Das hoffe ich doch«, raunte er neben mir und mir wurde klar, dass mein Anblick ihn massiv anmachte. Jedes unruhige Wippen, jeder Seufzer saugte er mit Blicken in sich auf, während er uns Essen auf die Teller legte. Der grüne Salat, wie auch die Bratkartoffeln waren lecker, doch wirklich würdigen konnte ich sie nicht. Mein Fokus lag eindeutig auf unserem gemeinsamen Spiel, bei dem Jason mich gerade in den Wahnsinn trieb. Minuten verstrichen, mit belanglosem Smalltalk gefüllt, während wir die Reaktionen des anderen beobachteten. Der schneller werdende Atem. Die leichte Rötung der Haut. Meine unruhigen Bewegungen und Jasons Hand, die immer wieder seinen Schwanz richtig positionieren musste.

Erleichtert schob ich mir den letzten Bissen in den Mund, kaute ihn bedächtig und legte dann mein Besteck zur Seite. Bevor ich den Bissen schlucken konnte, erhob sich der Mann mir gegenüber bereits.

»Bleib sitzen und deine Hände bleiben oberhalb der Tischplatte!«, wies mein Stiefbruder mich an, als er begann, das Geschirr abzuräumen. Ungeduldig machte er sich daran, alles bis auf die Schale mit Gemüse, vom Esstisch zu entfernen. Währenddessen ließ ich meine Hände unter das Shirt gleiten, um mit meinen harten Nippeln zu spielen, während der Blick meines Stiefbruders auf mir haftete. Schließlich waren meine Hände durchaus oberhalb der erlaubten Höhe und ich verstieß damit nicht gegen seine Anweisung. Dem Glanz in seinen Augen nach zu urteilen, genoss er den Anblick und hatte nichts gegen meine Eigeninitiative einzuwenden.

Fest zwirbelte ich die kieselharten Spitzen, während ich leicht auf meinem Stuhl vor und zurück schaukelte. Meine Geilheit war sehr effektiv dabei mein Schamgefühl und meinen Verstand auszuschalten, so dass ich kurz zusammenzuckte, als Jason plötzlich hinter mir stand und meine Brüste fest umfasste.

»Mel. Mel. Mel. Wie unartig!«

Seine Finger schoben meine zur Seite, um deren Job zu übernehmen und die harten Spitzen fest zu rollen. Als mein Oberkörper sich ihm sehnsüchtiger entgegen kippte, erhöhte er weiter den Druck.

»Mehr!«, keuchte ich.

»Du magst, dass es weh tut, Kleines?«, seine Stimme war rau, aber auch voller Neugier.

»Ja« keuchte ich, jenseits meiner normalen Schamgrenze, »ein wenig Schmerz macht mich an.«

Seine Finger erhöhten den Druck und ein lustvoller Schrei entkam meinen Lippen.

Anscheinend hatte ich damit Jasons Geduldsfaden zerrissen, denn er ließ mich abrupt los.

»Knie dich auf den Tisch, Schwesterchen. Den Oberkörper kannst du gerne ablegen, aber dein Hintern bleibt schön oben. Ich bin gleich bei dir«, mit diesen Worten verließ er zügig den Raum. Er hantierte in der Küche, öffnete eine Schublade und schloss sie wieder. Dann öffnete Jason den Kühlschrank.

Was suchte er?

Ich widerstand dem Drang mich umzudrehen, um zu sehen was er machte. Stattdessen entledigte ich mich meines Shirts und krabbelte auf den Tisch. Genau so, dass mein hoch erhobener Hintern und der aus meiner Spalte hervorlugende Cocktail-Stößel das Erste sein würde, was Jason zu Gesicht bekäme, wenn er das Zimmer wieder betrat. Meinen Oberkörper legte ich soweit möglich auf der Tischplatte ab und bettete mein Gesicht auf meinem Unterarm. Mit der anderen Hand griff ich zwischen meine Beine, um den Stößel an Ort und Stelle zu halten und natürlich, um ihn immer wieder leicht in mich zu stoßen.

Wer könnte denn in dieser Position widerstehen?

Ich hörte, wie Jason zurückkam, und erkannte genau den Moment, als er den Raum betrat und mich sah. Er sog die Luft durch die Zähne ein, und ich vermutete, dass er sie kurz zusammengebissen hatte. Zu häufig hatte ich diesen Gesichtsausdruck in der Vergangenheit bei ihm gesehen, wenn er überrascht war und einen Moment brauchte, um die Situation abzuschätzen.

»Wie oft habe ich mir das in den letzten Jahren vorgestellt, Kleines. Aber dich jetzt wirklich so vor mir zu haben, ist so viel besser.«

Ich spürte mehr, dass er hinter mich trat, als das ich ihn hörte. Seine rauen, warmen Hände streichelten über meinen Hintern, bevor er einen seiner Finger zwischen meine, in dieser Position weit gespreizten Arschbacken nach unten gleiten ließ. Kurz hielt er an meiner Hinterpforte inne und strich darüber. Tauchte mit der Fingerkuppe in mich ein, was mich leise winseln ließ. Anschließend setzten seine Finger ihren Weg fort, bis sie an meiner pitschnassen Spalte angekommen waren und leicht gegen den Stößel drückten.

»Du kannst die Hand wegnehmen, Schwesterchen. Ich kümmere mich jetzt um dich«.

Jasons Stimme war belegt und nur Sekunden später spürte ich seinen warmen Atem auf meiner Haut und dann seine Zunge. Sanft und langsam bewegte seine Hand den Metallstab in mir, während er die herausquellende Flüssigkeit weg leckte. Mal glitt seine Zunge nach vorne, tippte dabei meinen Kitzler an. Dann wanderte sie bis zu meiner Hinterpforte,um mich dort zu verwöhnen. Ich wusste, dass mein Stiefbruder jede Zuckung meines Unterleibs genau sehen konnte. Jeder weitere Schwall Feuchtigkeit direkt auf seine Zunge tropfte. Dennoch war ich einfach nicht in der Lage mich zu schämen. Jason kannte mich wie niemand anderes, und wenn er mich so haben wollte, würde ich es ihm nicht verwehren.

»Jason!«, keuchte ich, während mein Unterleib gegen den penetrierenden Stößel und seine Zunge bockte.

»Ich brauche mehr!«

Seine Zunge hörte auf zu lecken und ich spürte einen feuchten Kuss an meinem Steißbein.

»Ist das so, Kleines?«

Langsam zog er den Stößel aus mir heraus und sehnsüchtig wartete ich darauf, mit was er mich als Nächstes füllen würde.

»Eigentlich wollte ich dir, die Gurke in deine feuchte Spalte schieben und vielleicht die Möhre in deinen süßen Arsch. Aber irgendetwas sagt mir, dass es bei dir durchaus etwas mehr sein darf.«

Es raschelte hinter mir und ich hörte das Reißen einer Folienverpackung. Neugierig, aber im Vertrauen darauf, dass er mir nicht weh tun würde, warf ich einen Blick über meine Schulter nach hinten. Geschickt versah Jason sowohl die angekündigte Gurke als auch einen Maiskolben mit einem Kondomüberzug. Auch die Zucchini lag bereit, welche den Umfang der anderen beiden noch einmal deutlich übertraf.

Fuck!

Ich konnte mich nicht erinnern, schon einmal so vor Vorfreude zerschmolzen zu sein. Sein Blick saugte sich an meinem fest, als er nach der Gurke griff. Die Finger seiner zweiten Hand teilten meine Schamlippen. Zielsicher setzte er die Spitze an und begann dann langsam, aber unaufhaltsam das Gemüse in meinen heißen Tunnel zu schieben. Die Dehnung und der süße Schmerz brachten mich zum Keuchen. Ich spürte, wie ich um den großen Eindringling herum pulsierte, mein Körper an seine Grenzen getrieben wurde. Feuchtigkeit lief mir die Oberschenkel herab und tropfte auf die Tischplatte.

Jasons Blick haftete auf meinem Gesicht. Jedes Zucken studierte er. Maß genau ab, wie viel ich ertragen konnte. Sein Mund war leicht geöffnet und sein Atem ging schwer. Ihm war deutlich anzusehen, wie heiß ihn die ganze Situation machte. Keine meiner Regungen, meiner Seufzer und Stöhnlaute entging ihm und gerade deswegen zeigte er wohl keine Gnade, bis die Gurke schließlich bis zum Anschlag in mir steckte. Bedürftig jammernd schloss ich die Augen, als er begann, mich mit dem improvisierten Dildo zu ficken. Stoß um Stoß spürte ich, wie es leichter ging und lautes Schmatzen den Raum erfüllte. Mein Lustsaft tropfte auf den Esstisch unserer Eltern und es war mir vollkommen egal.

Ich stemmte mich den Stößen entgegen, als ich unvermittelt wieder seine Zunge spürte. Wie sie über meinen Damm nach hinten zu meinem Anus leckte, um dort zu verweilen und den Muskelring mit sanften Zungenschlägen zu verwöhnen.

»Oh Gott«, schrie ich auf, als die Welle der Lust über mich hinwegfegte. Ich wusste, dass es nicht mehr lange dauern würde, bis mein Orgasmus mich überrollen würde. Doch ich hatte die Rechnung ohne meinen Stiefbruder gemacht, der genau diesen Augenblick wählte, um innezuhalten.

»Psst, nicht so laut, Schwesterchen. Was sollen nur die Nachbarn denken?«

Ich hörte in jeder Silbe, dass er es liebte, dass ich so laut war, dennoch hatte er recht. Der Gedanke an die Nachbarn brachte mich tatsächlich zum Zusammenzucken und kühlte meine Lust ab. Ein unbedachtes Wort, der angrenzenden Anwohner und es hätte unweigerlich ein unangenehmes Gespräch mit unseren Eltern zur Folge.

»Vor allem da ich vorhabe, dich noch mehr zum Schreien zu bringen.«

Deutlich hörte ich die Gier in seiner Stimme.

»Ich kann auch leise sein«, versuchte ich eine schnelle Lösung zu finden.

Wie um meine Selbstbeherrschung zu testen, bewegte Jason die Gurke unvermittelt hart in mir, was mir einen erneuten Lustschrei entlockte.

»Ich glaube nicht, mein süßes Schwesterchen, das du deine Geilheit unter Kontrolle halten kannst. Also müssen wir wohl improvisieren.«

Ein sanfter Kuss auf meinen Hintern folgte.

»Halt sie gut fest.«

Er ließ die Gurke los und ich griff danach, bevor sie aus mir heraus gleiten konnte. Nur um zuzusehen, wie er erneut in der Küche verschwand.

Wieder klapperte ein Küchenschrank und nur Augenblicke später kam mein Stiefbruder zurück, damit beschäftigt einen Knoten in ein Küchentuch zu schlingen.

»Ich hoffe, jetzt habe ich alles. Ich würde ungern noch einmal unterbrechen.«

Frech lächelnd blickte er mich an und ich kam nicht umhin, ihm mit einem Grinsen zuzustimmen.

»Das hoffe ich auch, sonst müssten wir das Ganze wohl auf Ostern verschieben«, entgegnete ich vorlaut, worauf ein leichter Schlag meinen Hintern traf und mich erneut zum Stöhnen brachte.

»Du bist wirklich mein fleischgewordener, schmutziger Traum, Schwesterchen«, raunte er mir zu.

»Und jetzt Mund auf!«

Brav öffnete ich meine Lippen und er schob mir den Knoten des Geschirrtuchs zwischen die Zähne. Automatisch biss ich zu, um es an Ort und Stelle zu halten. Seine Hand glitt wieder zwischen meine Beine und nahm mir die Gurke ab. Langsam und stetig nahm Jason die Stoßbewegung wieder auf und ich genoss es in vollen Zügen. Gedämpft stöhnte ich in den Knebel, der Klang nur noch für die Ohren meines Stiefbruders bestimmt. Rein und raus, bewegte sich der grüne Eindringling und auch Jasons Zunge leckte wieder genüsslich über meine Hinterpforte und entlockte mir dumpfe Lustschreie.

Verdammt war das gut!

Ich spürte meine eigene Feuchtigkeit, sowie Jasons Speichel über meine Haut rinnen. Tröpfchenweise fielen unsere gemischten Säfte in die Pfütze, welche sich unter mir auf der Tischplatte ausdehnte. Der Anblick war so obszön, dass er meine Scheidenwände zum Zucken brachte.

»Ich glaube, es ist Zeit auszuprobieren, was noch alles in dich hinein passt.«

Jasons Worte rissen mich von dem Anblick der Feuchtigkeit los und unweigerlich fiel mir wieder ein, was er sonst noch vorbereitet hatte. Zustimmend winselte ich in den Knebel und wackelte auffordernd mit meinem Unterleib.

»Nicht so ungeduldig, Süße.«

Die Gurke glitt aus mir heraus und ich fragte mich, was er als Nächstes in meine gierige Spalte stecken würde. Überrascht sog ich den Atem ein, als ich die nasse und bereits etwas angewärmte Gurke plötzlich an meinem Hintereingang spürte. Unweigerlich verharrte ich in der Bewegung, bis Jason beruhigend mit der Hand über meinen Hintern strich.

»Ganz ruhig, Schwesterchen. Du schaffst das! Sie ist gerade so dick wie mein Schwanz und den soll ich doch auch noch in deinem kleinen Arsch versenken, oder?«

Erregt stöhnte ich und reckte ihm meinen Hintern entgegen. Alleine die Vorstellung von der Gurke und später seinem Schwanz in mir, trieb mich fast in den Wahnsinn. Viel sanfter, als vorhin bei meiner Spalte setzte er das Gemüse an und übte vorsichtig Druck aus. Immer wieder stieß er leicht gegen meine hintere Öffnung und es dauerte einen Augenblick, bis der Muskelring nachgab. Weil der lange, dicke Eindringling ein vollkommen anderes Kaliber war, als der Plug den ich heute schon genossen hatte, brauchte es etwas, bis mein Körper sich weit genug entspannte, um ihn einzulassen. Doch Jasons sanfte Beharrlichkeit zahlte sich aus. Millimeter für Millimeter glitt die Gurke tiefer in mich. Immer weiter, in kleinen stoßenden Bewegungen, zwang er sie meinem Körper auf, bis ich das Gefühl hatte, noch nie einen so gut gefüllten Arsch gehabt zu haben. Bei genauerer Betrachtung war es auch genau so. Selbst mein größtes Spielzeug hatte einfach nicht diese Ausmaße, geschweige denn, dass einer meiner Exfreunde hier hätte mithalten können. Noch nie war mein kleiner Muskelring so gedehnt worden. Ein Blick über die Schulter verriet mir, dass der große, grüne Eindringling fast zur Hälfte in mir steckte und Jasons Blick auf meinem weit gedehnten Anus klebte. Er sah so gierig aus, dass allein sein Anblick heiße Funken in meinem Unterleib explodieren ließen. Sanft begann er meinen Hintereingang zu stoßen und wieder erfüllte mein dumpfes Stöhnen den Raum. Hinein und hinaus glitt das grüne Ungetüm und ich wusste, dass alleine das Antippen meiner Perle mich zum Kommen bringen würde. Dennoch ließ ich meine Hände brav auf der Tischplatte. Genoss das berauschende Gefühl der Lust. Schweiß bildete sich auf meiner Haut und ließ meine Brüste bei jedem Stoß leicht über die Tischplatte gleiten, reizte dadurch sanft meine harten Nippel. Ich sehnte mich so sehr nach mehr. Mehr Penetration. Mehr Reiz. Jetzt wusste ich endlich, was mir die ganzen Jahre gefehlt hatte.

Doch Jason schob langsam und beharrlich die Gurke immer wieder in meinen Anus, als hätte er alle Zeit der Welt. Ergeben schloss ich die Augen, schob ihm meinen Hintern entgegen, um den Eindringling noch etwas mehr aufzunehmen, was einen süßen Schmerz verursachte, der mich weiter anstachelte.

Trotzdem konnte ich nicht verhindern, dass ich immer unruhiger wurde. Mein Stöhnen mehr und mehr einem bedürftigen Winseln glich.

Ich wollte mehr! Ich brauchte mehr!

Als hätte Jason meine Gedanken gelesen, spürte ich etwas an meiner Scheide. Dick und uneben drängte es in mich. Kämpfte drängend mit der Gurke in mir um jeden Millimeter Platz.

Der Maiskolben!

Meine Jammerlaute wurden zu schreien, und obwohl jede Bewegung von einem brennend, süßen Schmerz begleitet wurde, presste ich mich gegen die Eindringlinge, als würde mein Seelenheil davon abhängen. Dann gab mein Körper endlich nach und der Maiskolben glitt tief in mich. Füllte mich bis zum Bersten aus.

»Schwesterchen, allein dein Anblick bringt mich fast zum Kommen«, Jasons Stimme war heiser und seine Gier triefte aus jeder Silbe.

»Eigentlich wollte ich unbedingt noch die Zucchini ausprobieren, aber wenn ich sehe, wie sehr deine Löcher gedehnt sind, will ich nur noch meinen Schwanz in deinem Arsch versenken. Ob ich die Noppen des Maiskolbens spüre?«

Jason zog vorsichtig die Gurke aus mir heraus und packte mich an den Hüften. Seine Daumen fixierten den Maiskolben, hielten ihn tief in mir, während er mich ungeduldig zum Rand des Tisches zog. Ich fühlte zuerst wieder seinen Atem an meinem Hintern, bevor ich spürte, wie er meinen gedehnten und sicher unanständig offen stehenden Muskelring mit seiner Zunge zu lecken begann. Warm rann sein Speichel über meinen Damm und mir war klar, dass mein Bruder mich noch einmal schmierte, bevor er mir gleich seinen Schwanz in den Arsch schieben würde.

»Ich werde sicher nicht lange durchhalten, Schwesterchen. Aber ich habe noch eine Kleinigkeit für dich, damit du auch schnell ins Ziel kommst.«

Er dirigierte mich, meinen Oberkörper etwas anzuheben und bevor ich verstand, was er vorhatte, schnappte bereits die erste Wäscheklammer um meinen Nippel zusammen. Der plötzliche Schmerz brachte mich zum Aufschreien und meine Löcher zum Zucken. Als die zweite Klammer zuschnappte, wäre ich fast gekommen.

»Ich hab sie eben in der Küchenschublade gefunden und konnte nicht widerstehen.«

Selbst wenn ich keinen Knebel getragen hätte, in diesem Moment hätte ich Jason nicht antworten können. Der Schmerz in meinen Nippeln fuhr direkt zu meinem Kitzler und der Maiskolben, den Jason weiterhin tief in mir hielt, machte mich in meiner zuckenden, gedehnten Spalte wahnsinnig. Bestimmend drückte Jason mich nach unten. Mit weit gespreizten Beinen hockte ich auf der Tischplatte und meine Brust, mit den malträtierten Spitzen, wurde auf das Holz gepresst.

Oh, süßer Schmerz!

Nur einen Wimpernschlag später spürte ich Jasons steinharten Schwanz in meinen Arsch eindringen. Obwohl die Gurke nicht gerade klein gewesen war, konnte er vom Umfang gut mithalten. Immer tiefer drang er in mich ein. Kämpfte grob mit dem Maiskolben in mir um die Vorherrschaft, bis ich sein Becken an meinen Arschbacken spürte.

Ich war mir nicht sicher, ob es möglich war vor Lust zu sterben, aber gerade in diesem Moment hielt ich es für möglich.

Jason beugte sich über mich, bis er durch meine Beine hindurch den Maiskolben greifen konnte. Hart schob er ihn in mich.

»Entschuldige, Schwesterchen, aber ich kann nicht mehr warten. Meine Eier platzen gleich, so sehr will ich deinen Arsch ficken!«

Mit diesen Worten begann er genau das zu tun und katapultierte mich in den Himmel der Geilheit. Während er seinen Schwanz immer wieder tief in meinem Arsch versenkte, rammte er den Maiskolben in mich. Meine schmerzenden Nippel, schoben sich mit jedem Stoß über die Tischplatte. Alles war Lust und Schmerz und ich schrie in den Knebel, bis meine Stimme versagte.

Jeden Stoß kam ich ihm entgegen. Wollte, was er mit mir tat. Wollte ihn!

»Genau so, kleine Schwester. Ich spüre, wie du um mich zuckst. Wie du den Maiskolben und meinen Schwanz in dir zusammenpresst«, knurrte Jason in mein Ohr, während er mich fester packte. Immer tiefer fickte. Als hätte ihn der blanke Wahnsinn befallen, in mir zu versinken. Ich spürte ihn in meinem Inneren gegen den Maiskolben reiben, spürte die unendlich tiefen Stöße. Und immer noch erfüllten meine gedämpften, heiseren Schreie ohne Unterlass den Raum.

Jasons zweiter Arm griff um mich und begann meine Lustperle zu bearbeiten. Rieb sie ohne Gnade, während er tief in mir steckte.

»Komm für deinen großen Bruder. Komm für mich, während ich dir meinen Saft tief in den Arsch spritze!«

Ich konnte nicht anders, als bei seinen Worten, zuckend um ihn herum zu explodieren. Meine Welt bestand nur noch aus meinen gestopften Löchern und einem gigantischen Orgasmus, der mich verschlang und einfach nicht aufhören wollte. Jason knurrte an meinem Ohr und ich spürte seinen Schwanz in mir pulsieren. Knurrend versenkte er sich tief in mir, stieß mich ein letztes Mal, bevor sein heißer Samen meinen Darm flutete.

Der Gedanke, dass er gerade in mir abspritzte und das leicht brennende Gefühl in meinem geschundenen Hintern, schickte mich noch einmal über die Klippe, bis ich schließlich kraftlos in mich zusammensackte.

Nachdem wir etwas runter gekommen waren, hatte Jason mir vorsichtig die Klemmen abgenommen und den Knebel entfernt. Der scharfe Schmerz, als das Blut zurück in meine Brustwarzen floss, hatte mich überrascht und kurz aufkeuchen lassen. Dann war es auch schon wieder vorbei gewesen. Sanft hob er mich vom Tisch und schloss mich in seine Arme. Anstatt mich abzusetzen, ging er mit mir ins Badezimmer und stellte mich vor der Dusche auf die kalten Flie-sen.

Der Badezimmerspiegel verriet mir, was er sah, als er mich nachdenklich betrachtete.

Meine Haut war gerötet, meine Haare zerzaust und meine Lippen geschwollen. Meine Nippel leuchteten rot und die vorhergehende unsanfte Behandlung war ihnen deutlich an den harten abstehenden Spitzen anzusehen.

Der Blick meines Stiefbruders blieb an meinen Brüsten hängen und er runzelte die Stirn.

»Es ist alles in Ordnung, Jason«, beruhigte ich ihn.

»Ja, meine Nippel brennen wie Feuer und von meinen Körperöffnungen möchte ich gerade gar nicht anfangen. Aber ich habe es genau so genossen wie du.«

Skeptisch sah er mir ins Gesicht, während ich ihn frech, aber müde angrinste.

»Es gibt nichts, was eine Dusche und eine Nacht voll Schlaf nicht wenigstens teilweise wieder richten könnten«, setzte ich nach. Erleichtert stellte ich fest, dass er sich entspannte.

»Dann komm, Kleines. Lass uns duschen und schauen, ob ich irgendwo Wundcreme auftreiben kann.«

Kapitel 5

Ich spürte, wie Jason sich neben mir aus dem Bett schob. Wir hatten heute Nacht in seinem alten Zimmer geschlafen, unwillig die wenige gemeinsame Zeit getrennt voneinander zu verbringen.

»Bleib liegen, Süße. Ich muss noch den Baum abholen und ein paar Dinge besorgen. Dad hat geschrieben, dass der Schnee endlich schmilzt und sie sich morgen früh auf den Rückweg machen werden, damit wir noch gemeinsam feiern können.«

Sein Ton war neutral und unweigerlich fragte ich mich, ob es nur mir gegen den Strich ging, ab morgen wieder in die platonische Rolle von Bruder und Schwester zu schlüpfen. Träge öffnete ich die Augen und blickte zu Jason auf, der nackt vor dem Bett stand und mit hungrigem Blick zu mir hinab sah.

Nein, er hatte eindeutig auch noch nicht genug.

Provokant reckte ich mich unter der Decke, nur um festzustellen, dass mein Körper sich überall wund und überanstrengt anfühlte.

Ich liebte dieses Gefühl!

Trotzdem konnte ich mir einen kleinen klagenden Laut nicht verkneifen, als ich mich auf die Seite drehte. Jasons Blick wurde weich.

»Ich habe dich gestern ganz schön gefordert, oder?«

»Vielleicht«, grinste ich ihn an, »aber das kannst du mit einer Massage wieder gutmachen.«

Seine Lippen verzogen sich zu einem Grinsen.

»Ich werde es im Hinterkopf behalten.«

Mit einem zärtlichen Kuss auf meinen Scheitel verabschiedete er sich und verließ mit frischer Kleidung das Zimmer.

Keine Ahnung, wie lange ich noch geschlafen hatte, aber ich hörte Jason unten im Haus rumoren und ich bildete mir ein, ihn leise fluchen zu hören. Schläfrig schlurfte ich in mein Zimmer und in das angrenzende Bad, um meine Morgentoilette zu absolvieren. Bei jedem Schritt spürte ich, dass sanfte brennen, meiner überbeanspruchten Mitte und genoss das Gefühl und die Hitze, die es in meinen Unterleib schickte.

Mel, seit wann bist du so dauergeil?, ging es mir durch den Kopf, auch wenn die Antwort mehr als offensichtlich war.

Seit ich meinen Stiefbruder fickte, den ich schon seit meinem 16. Lebensjahr bespringen wollte, wie eine rollige Katze.

Schnell sprang ich unter die Dusche, zog mich an und machte mich auf den Weg nach unten. Da wir den Baum aufstellen und schmücken wollten, war es für uns beide besser, wenn ich vollständig bekleidet war. Schließlich sollten unsere Eltern morgen hier ankommen und bis dahin mussten wir fertig sein. Insgeheim hatte ich gehofft, etwas mehr Zeit zu haben, auch wenn es bedeutet hätte, weniger Zeit mit unseren Eltern zu haben.

Ein Blick ins Wohnzimmer verriet mir schnell, dass Jason sich gerade abmühte, den Baum aufzustellen. Wild verteilt standen zudem Unmengen von Kisten an Weihnachtsschmuck, Lichterketten und Dekoration herum, was mich zum Schmunzeln brachte.

Mitfühlend wanderte mein Blick zu Jason. Alleine war das Aufstellen des Baumes ein ziemlich kniffliges Unterfangen. Schließlich musste man versuchen, den Baum gerade zu halten, während man unten die richtige Position im Christbaumständer suchte, um das Weihnachtsungetüm zu fixieren.

»Warum hast du nichts gesagt? Zusammen geht das doch viel besser!«, sprach ich meinen Stiefbruder an, der daraufhin seinen Kopf zu mir wandte.

»Ich wollte dich nicht stören und dachte, ich bekomme es schon irgendwie alleine hin«, der Frust über sein bisheriges Scheitern war ihm deutlich anzuhören, und ich musste schmunzeln.

»Wenn du keine acht Arme hast, wüsste ich nicht, wie du das alleine hinbekommen solltest«, ließ ich ihn grinsend wissen. Ich trat zu ihm und fasste mit beiden Händen nach dem Baum. Was sich als gar nicht so einfach herausstellte, da der Umfang im unteren Bereich ziemlich beträchtlich war. Leicht vornübergebeugt, versuchte ich ihn gerade auszurichten.

»Einen dickeren Baum konntest du nicht finden, oder?«, hakte ich bei meinem Mitstreiter nach, der die Gunst der Stunde nutzte, zwei Schritte zurückzutreten und den Erfolg meiner Bemühungen zu begutachten.

»Etwas nach rechts. Ja, genau, so bleiben!«, wies er mich an.

»Und nein, einen Dickeren habe ich nicht gefunden. Ich dachte, du magst es dick und ich handle nur in deinem Sinne«, zog er mich auf, was mir jedoch lediglich ein undamenhaftes Grunzen entlockte.

»Der war wirklich flach, Brüderchen«, ließ ich ihn mit belustigtem Unterton wissen, was mir einen kleinen Klaps auf den Hintern einbrachte. Behände verschwand er wieder unter dem Baum, um seine Arbeit zu beenden. Zwischen den Ästen hindurch musterte ich den Teil, der von ihm zu sehen war. Ein breiter Rücken, der sich unter seinem Pullover abzeichnete. Schmale Hüften, ein knackiger Hintern, der in lange Beine überging, die in schlichten Jeans steckten. Seine Füße waren aktuell jedoch das nicht ganz unfreiwillige Highlight, da sie in grün-rot geringelten Socken steckten.

»Geschafft«, ließ er mich in diesem Moment wissen und ich löste meine Hände.

»Nette Socken«, zog ich ihn auf, bevor er es geschafft hatte, unter dem Baum herauszukriechen.

»Nicht wahr!«, bestätigte er, während er sich unter den Ästen hervor schob und aufsetze.

»Ich dachte, ich könnte heute Abend, dein ganz persönlicher Weihnachtself sein«, grinste er mich an.

»Es sei den, du würdest einen Knecht Ruprecht mit einer Peitsche bevorzugen.«

Mit jedem Wort war sein Grinsen breiter geworden. Der Schalk und die Lust, die anscheinend in ihm, wie auch in mir schon wieder brodelten, zeigte sich deutlich in seinem Blick.

»Ich glaube, ich möchte heute erst das eine, dann das andere«, ließ ich ihn wissen. »Ich könnte noch immer eine ausgiebige Massage gebrauchen.«

»Wie du wünschst, Schwesterchen! Aber erst einmal wartet noch etwas Arbeit auf uns.«

Fast zwei Stunden schmückten wir den Baum, jeden Winkel des Wohnzimmers und Erdgeschosses, bis es einem Weihnachtsinferno glich, sobald man die Haustür öffnete. Christbaumkugeln, Zuckerstangen, Kunstschnee und weiß gepuderte Weihnachtsfiguren so weit das Auge reichte.

»Ich glaube, wir haben es etwas übertrieben«, äußerte Jason nach einem prüfenden Blick auf unser Werk.

»An Weihnachten kann man es überhaupt nicht übertreiben!«, belehrte ich ihn, wobei mein überzeugter Ton jeder Lehrerin gut zu Gesicht gestanden hätte.

»Es gibt also nicht zu viel Weihnachtsstimmung?« Jasons Blick bei dieser Frage ließ mich aufhorchen, dennoch bestätigte ich ohne Zögern: »Nein, Jason, es gibt eindeutig nicht zu viel!«

Mit einem übertrieben ernsten Gesichtsausdruck nickte er, bevor er ein kryptisches »Nun gut« von sich gab und sich auf den Weg zum Flurschrank machte. Er öffnete die Tür und ich hörte ein leises Rascheln, bevor er sich mir wieder zuwandte. Mit einem schiefen Grinsen reichte er mir ein in rotes Geschenkpapier eingeschlagenes Päckchen. Eine Schleife thronte in der Mitte und lud zum Öffnen ein.

Aufgeregt nahm ich es entgegen und betrachtete das flache, etwa schuhkartongroße Paket. Ich hatte noch nie viel Geduld, und ich musste an mich halten, es nicht auf der Stelle aufzureißen. Unruhig wippte ich auf den Zehenspitzen und drehte und wendete es zwischen meinen Fingern. Es war ziemlich leicht und fühlte sich nachgiebig an. Zu gerne hätte ich es geschüttelt und daran gerochen, um zu erraten, was sich darin befand. Der Mann mir gegenüber betrachtete mich breit grinsend, kannte er doch meine Neugierde, was Geschenke betraf. Schließlich hatte er Erbarmen. »Nimm es mit hoch und pack' es aus. Ich erwarte dich in 10 Minuten wieder hier unten«, sprach er die erlösenden Worte. Freudig lächelte ich ihn an, dann flitzte ich auch schon die Treppe hinauf. Die Tür war hinter mir noch nicht ins Schloss gefallen, als ich bereits begann, die Klebestreifen zu lösen und das Geschenkpapier zu entfernen.

Zu neugierig, um auch nur eine Sekunde Geduld zu haben, zog ich den hochwertigen flachen Karton aus der Verpackung. Augenblicklich hatte ich eine ziemlich klare Vorstellung davon, um was es sich hier handelte. Meine Vermutung bestätigte sich bereits im nächsten Augenblick, als ich den Deckel öffnete. Es erwartete mich rote Unterwäsche, deren Ränder weiß abgesetzt waren. Der Stoff so zart, dass er nicht sehr viel der Fantasie überließ, aber eindeutig Brust und Hintern gut in Szene setzen würde. Ohne ein Preisschild gesehen zu haben und trotz des weihnachtlichen Flairs, das die Wäsche ausstrahlte, war mir klar, dass Jason einiges an Geld für mich ausgegeben hatte. Kleine Schmetterlinge flatterten in meinem Bauch beim Gedanken, dass er hier augenscheinlich mit Bedacht gewählt hatte, um uns beiden eine Freude zu machen.

Schnell wurde ich meine Kleidung los und schlüpfte in mein Geschenk. Es passte perfekt, und lächelnd betrachtete ich mich im Spiegel. Ich konnte mich nicht erinnern, mich schon einmal so schön und erotisch gefühlt zu haben. Kurz überlegte ich, ob ich meine Haare hochstecken sollte, doch mir war klar, dass die langen braunen Strähnen den ersten Kontakt nicht überstehen würden, bevor sich die Frisur in Wohlgefallen auflösen würde. Stattdessen kämmte ich sie aus, bis sie seidig glänzend über meinen Rücken fielen. Anschließend griff ich zu meinem Schminktäschchen und zog den roten, kussechten Lippenstift hervor. Ich trug ihn selten, doch er passte farblich gut zur Unterwäsche und der Gedanke wie meine roten Lippen sich um Jasons Schwanz schließen würden, gefiel mir. Es folgte noch etwas dezenter Lidschatten und Wimperntusche, bevor ich mit meinem Äußeren zufrieden war. Ein Blick auf die Uhr verriet mir, dass die 10 Minuten aufgebraucht waren, und ich beeilte mich, nach unten zu kommen.

Auf leisen, nackten Sohlen trat ich durch die Tür und blieb mit Blick auf den Esstisch stehen. Dieser war mit einer weichen Decke gepolstert und ein Kissen lag ebenfalls bereit. Direkt daneben stand Jason in einer engen, dunkelgrünen Boxershort, mit ebenfalls abgesetztem weißen Rand. Vermutlich das männliche Gegenstück zu meiner Unterwäsche und eindeutig eine Anspielung auf den vorhin erwähnten Weihnachtselfen. Seine breite Brust und der durchtrainierte Bauch komplettierten das optisch sehr ansprechende Gesamtpaket. Vor lauter Schmachten hätte ich beinahe das kleine Fläschchen in seiner Hand übersehen. Form und der für mich lesbare Teil der Aufschrift ließen die naheliegende Vermutung zu, dass es sich hierbei um ein Massageöl handelte.

»Du siehst toll aus«, sprach er mich an. Sein Blick blieb an meinen roten Lippen hängen, bevor er verlangend über meinen restlichen Körper glitt.

»Danke für die schöne Unterwäsche«, antwortete ich artig und verharrte an meinem Platz, gespannt, was mein Stiefbruder vorhatte.

»Gerne.«

Ein Lächeln verzog seine Lippen, als er neben sich auf den gepolsterten Tisch klopfte.

»Du hast erwähnt, dass du dringend eine Massage nötig hättest, also hoch mit dir!«

Rasch und voller Vorfreude, kam ich seiner Aufforderung nach. Etwas unelegant, aufgrund meiner geringen Größe, kletterte ich auf den Tisch und streckte mich darauf aus. Den Kopf legte ich auf das Kissen und die Arme bettete ich entspannt neben mich. Neugierde und eine heiße Vorfreude durchströmten mich, als ich auch schon Jasons warme, ölige Hände auf meinem Rücken spürte. Ohne Hast, begann er meine Muskeln zu lockern. Er arbeitete sich erst hinauf bis zu meinen Schultern und dann hinab bis zu meinem Steißbein. Auch meinen Füßen widmete er sich ausgiebig, bis sich meine Zehen vor Wohlbefinden einrollten. Immer wieder seufzte ich leise, als er meine Waden knetete und schließlich zu meinen Oberschenkeln gelangte. Auch diesen ließ er die gleiche Sorgfalt zuteilwerden, und spreizte meine Beine leicht, um auch die Innenseite kneten zu können. Als seine fürsorglichen Hände sich schließlich immer weiter meiner Mitte näherten, bekam meine Entspanntheit eine Prise freudige Erwartung beigemischt.

Würde er es bei der unschuldigen Massage belassen?

In der   Tat blieben Jasons Berührungen weiterhin

vollkommen brav. Ganz im Fokus meiner Entspannung, wanderten seine großen Hände weiter zu meinem Hintern und kneteten auch hier jegliche Verspannung fort. Zwar fühlte sich meine Mitte immer noch wund an, dennoch spürte ich die Feuchtigkeit, die aufgrund der permanenten Erwartung aus mir sickerte, mehr als deutlich.

»Umdrehen, Schwesterchen«, leitete Jason mich an. Fügsam folgte ich seiner Aufforderung und kam nicht umhin, einen Blick auf sein halb erigiertes Glied zu werfen, das sich deutlich unter den Shorts abzeichnete.

»Hände neben den Kopf, Beine ein Stückchen auseinander und Augen zu«, wies er mich leise an.

Widerstandslos, aber voller Neugierde tat ich wie geheißen.

Wie die Massage sich wohl weiter gestalten würde? Überrascht zog ich die Luft ein, als sich etwas Weiches um meine Handgelenke schlang. Es brauchte nicht sonderlich viel detektivisches Gespür, damit mir klar wurde, dass mein Stiefbruder mich gerade an den Tisch band. Dann drückte Jason mir etwas kleines Halbrundes in die Hand.

»Was ist das?«, fragte ich ihn irritiert.

»Neben der Unterwäsche habe ich heute noch ein paar weitere Dinge erstanden. Das, was du in der

Hand hältst, ist ein kleiner Schalter, der eine Klingel auslöst. Wir haben ja bereits gestern festgestellt, dass wir die Nachbarn nicht stören möchten. Trotzdem solltest du jederzeit die Möglichkeit haben, das Ganze zu stoppen, wenn es dir zu viel wird«, erläuterte er mir in ruhigem Ton.

Wäre es irgendeine andere Person gewesen als mein Stiefbruder, hätte sich jetzt wohl in mir ein mulmiges Gefühl ausgebreitet. So durchfluteten lediglich Neugierde und Vorfreude meinen Körper.

»Alles verstanden, Schwesterchen?«

»Ja«, antwortete ich, damit kein Zweifel daran bestehen konnte, dass ich mit seinem Handeln einverstanden war. Ein fester Kuss traf meine Lippen, als ich kurz darauf auch schon spürte, wie er mir etwas Rundes zwischen die Lippen schob. Ein Knebel, wie man ihn in nahezu jedem üblichen Sexshop kaufen konnte, vermutete ich.

Was er wohl sonst noch gekauft hatte?

Kurz darauf legte sich etwas über meine ohnehin geschlossenen Augen und auch meine Beine wurden fixiert.

Wieder begann Jason Öl auf meinem Körper zu verteilen, was sich in der erzwungenen Bewegungslosigkeit jedoch nicht mehr so entspannend, als vielmehr anregend anfühlte. Seine Hände glitten über meinen

Bauch, zu meinen Hüften und in einer fließenden Bewegung zur Außenseite meiner gespreizten Oberschenkel. Nur um seine Finger dann, ölig und geschmeidig, an der Innenseite meiner Schenkel wieder empor gleiten zu lassen. An meiner pochenden Mitte angekommen, spürte ich seine Fingerspitzen federleicht, durch den Stoff, über meine Schamlippen gleiten. Verlangend schob ich ihm mein Becken entgegen, als seine Hände auch schon wieder tiefer glitten und mit festem, gleichmäßigen Druck meine Oberschenkel kneteten.

Enttäuscht brummte ich in meinen Knebel, was ihm ein Lachen entlockte und seine Hände wieder zu meiner bedürftigen Mitte wandern ließen. Wieder neckte er mich und streichelte mich federleicht durch den Stoff hindurch, nur um seine Wanderung nach wenigen Augenblicken wieder fortzusetzen. Diesmal glitten   seine Hände hinauf, kneteten meinen Bauch und streichelten die Haut meines Brustkorbs. Übersensibel durch die erzwungene Blindheit fieberte ich jeder Wendung seiner Bewegung entgegen. Mal verschwand die eine Hand von meiner Haut, mal die andere. Nur um dann gemeinsam hinauf zu wandern und meine Brüste durch den Stoff des BHs zu kneten. Ohne sich jedoch, zu meinem Missmut, den bedürftigen Spitzen zu widmen.

Fordernd bog ich mich meinem Stiefbruder entgegen, soweit es mir möglich war. Ich war einfach nicht geschaffen für derlei Geduldspiele, was Jason sehr genau wusste.

»Brauchst du mehr, Schwesterchen?«, hörte ich seine Stimme, vor Belustigung triefend, dicht an meinem Ohr. Sein Atem kitzelte meine Haut, bevor er sanft an meinem Ohrläppchen knabberte. Gänsehaut überzog meinen Körper und ließ mich seufzen. Dann, einen Wimpernschlag später, schob er seine Hand in meinen Slip und stieß zwei seiner dicken Finger in meine ausgehungerte Spalte. Mein gedämpfter Aufschrei hallte im Raum wieder und fast hätte ich vor Schreck auf den kleinen Schalter in meiner Hand gedrückt.

Stöhnend schob ich ihm meinen Unterleib entgegen. Gemächlich bewegte er seine Finger. Ließ sie einige Male hinein- und herausgleiten, bevor die Penetration genau so schnell endete, wie sie begonnen hatte. Wieder widmete er sich meinen Brüsten und wie zuvor vernachlässigte er meine harten Knospen. Meine eigene Hilflosigkeit machte mich fast wahnsinnig. Ich spürte, wie mein Slip vor lauter Feuchtigkeit an meinem Venushügel klebte und selbst dieses Gefühl fachte meine Lust nur weiter an.

Jammernde Laute von mir gebend, wand ich mich auf dem Tisch, bis Jason sich erneut erbarmte. Mit einer raschen Bewegung schob er das feuchte Stück Stoff zwischen meinen Beinen zur Seite und seine Finger versanken erneut tief in mir.

Sterne tanzten kurz vor meinen Augen und ich schrie lustvoll gegen meinen Knebel.

»So gierig, Schwesterchen. So bedürftig«, raunte er mir zu, während er mich mit seinen Fingern gemächlich fickte und ich erstickt stöhnte.

»Für die ganzen Jahre, die ich dich nicht ficken durfte, du mich aber so unendlich geil gemacht hast, sollte ich dich aber in jedem Fall noch mehr leiden lassen«, raunte Jason weiter. Jedes Wort untermalte er mit seinen stoßenden Fingern.

Obwohl ich ihn nicht sehen konnte, spürte ich, dass mein Stiefbruder seine Position veränderte. Langsam schob er sich auf den Tisch. Mein ganzer Körper war gespannt wie eine Gitarrensaite, die nur darauf wartete, von ihm angeschlagen zu werden.

Seine Finger glitten aus mir heraus und ließen mich leer zurück. Etwas raschelte, klirrte und ich fragte mich unweigerlich, was als Nächstes passieren würde, als seine Hände sich an meine Brüste legten. Doch anstatt sie nur zu kneten, schob er meinen BH nach unten, bis sich mein nacktes Fleisch ihm präsentierte. Sein Atem und seine warmen Lippen folgten. Er saugte meine Brustspitzen abwechselnd in seinen Mund. Befeuchtete sie. Sog an ihnen, wie ein Ertrinkender. Dann waren dort eben so schnell wieder seine warmen Hände. Rollten grob meine steifen Nippel zwischen den Fingern, bis süßer Schmerz mir direkt bis zu meinem Lustzentrum schoss.

»So ist gut, Schwesterchen. So kann ich deine Nippel deutlich spüren und sehen.« Weiter bearbeiteten mich seine Finger, bis gefühlt kleine Kieselsteine zwischen ihnen hin und her gerollt wurden.

Ein zufriedenes Brummen ertönte aus seiner Richtung, als er sein Spiel unerwartet einstellte. Augenblicke später spürte ich etwas Kühles, Hartes, das sich um meinen Nippel legte. Erst der linke, dann folgte der rechte. Als auf beiden Seiten meine empfindlichen Spitzen fest umschlossen waren, erhöht sich der Druck. Kurz bevor das Quetschen wirklich schmerzhaft wurde, hielt er inne.

»Ich habe diese süßen Klemmen heute beim Einkaufen gesehen und musste sie einfach für dich kaufen.«

Ein leichter Zug folgte Jasons Worten und aus dem Zwicken an meinen Nippeln wurde ein kurzer Schmerz, der mich aufkeuchen ließ.

»Die Klemmen sind durch eine dünne Kette verbunden. Ich glaube, ich finde sie recht praktisch.«

Wieder folgte ein leichter Ruck, der mich keuchen und meine Spalte zucken ließ.

»Der Verkäufer meinte nur, wir sollten uns rantasten, deswegen habe ich sie auch noch nicht zu fest gezogen.«

Zum Glück, schoss es mir nur durch den Kopf, denn ich spürte bereits jetzt, wie das Ziehen langsam zunahm, weil das Blut nicht mehr zurückfließen konnte.

»Mal sehen, wie dir das restliche Spielzeug nachher gefällt«, setzte er fort, während er weiter an der Kette zupfte.

Von dem wiederkehrenden süßen Schmerz in meinen Nippeln abgelenkt, brauchte es einige Augenblicke, bevor der ganze Sinn seiner Worte in mein Bewusstsein sickerte.

Noch mehr Spielzeug?

Ich schaffte es nicht, diesen Gedanken festzuhalten, als erneut ein Klirren ertönte und ich Jasons eiskalte Zunge an einem meiner gequetschten Nippel spürte. Wieder schoss die Lust direkt Richtung Süden und ich bäumte mich in meinen Knebel keuchend auf.

Wieder musste ich mich zusammenreißen, nicht versehentlich den Schalter in meiner Hand zu drücken und entkrampfte bewusst meine Finger.

Ich wollte nicht, dass er aufhörte!

Seine Zunge fand von meinen Brüsten zielstrebig den Weg nach unten. Hinterließ eine kalte Spur auf meinem Bauch, bis er schließlich über meinem Schambein anhielt. Er entfernte sich. Das Klirren, das ich nun eindeutig Eiswürfeln in einer Schale zuordnete, erklang erneut. Dann legte sich seine kalte Zunge so unvermittelt auf meine Lustperle, dass es fast schmerzhaft war. Er leckte genüsslich immer wieder mit etwas Druck über den empfindlichen Nervenknoten. Berührte mich für wenige Sekunden mit dem Eiswürfel, der augenscheinlich in seinem Mund schmolz und in einem Gemisch aus Eiswasser und Speichel meine Spalte entlang floss. Von Sekunde zu Sekunde verlor ich mehr den Verstand. Wieder klirrte es, während er sich meine Spalte entlang leckte. Meiner vor Lust triefenden Öffnung immer näher kam. Kurz verschwand seine Berührung, nur um sich mit neuer Kälte auf meine Mitte zu stürzen. Tief schob er seine Zunge in mich, leckte meinen Lustsaft, nur um dann den Eiswürfel in mich zu schieben. Ich spürte, wie meine Wände um den kalten Fremdkörper zuckten und trotzdem fühlte es sich gut an. Erneut schob er seine Zunge in mich, leckte das schmelzende Wasser aus mir heraus. Wieder klirrte es. Doch anstatt, dass er diesmal seinen Mund einsetzte, spürte ich Jasons Finger mit dem Eiswürfel in mich eindringen, während sich sein Mund wieder meiner Perle zuwendete.

Sanft und kalt penetrierte er mich, während ich mich vor Geilheit in meinen Fesseln hilflos unter ihm wand.

Es war so intensiv, dass es mir den Verstand raubte. Der zunehmende Schmerz in meinen Nippeln nahm immer mehr Raum ein und befeuerte die Glut, die mich zu verbrennen drohte.

Bloß nicht versehentlich den Knopf drücken, ermahnte ich mich.

»Mehr?«, fragte er mich neckend und ich nickte voller Gier.

Ich brauchte mehr!

Jasons Hände zogen sich zurück und ich fühlte, wie die Fesseln an meinen Beinen sich lockerten und schließlich verschwanden. Schon war sein Mund wieder auf mir und seine durch das Eis kühlen Finger, begleitet von einem weiteren Würfel, schoben sich tief in mich. Meine neu gewonnene Bewegungsfreiheit nutzend stellte ich meine Beine auf und spreizte sie weiter, um Jason besseren Zugang zu gewähren. Davon machte mein Stiefbruder umgehend Gebrauch. Bedächtig, aber ohne Zögern, schob er mir einen Finger in meinen von meinem Lustsaft überschwemmten Anus. Dehnte ihn, nur um auch meinen Hintereingang mit einem schmelzenden Eiswürfel zu bestücken.

Meine erstickten Schreie hallten in meinen eigenen Ohren wieder. Die Mischung aus wiederkehrender Kälte, den stetigen Stößen und seiner zärtlichen Zunge an meinem Kitzler, ließ meinen Unterleib in Flammen aufgehen. Schmerz zog kontinuierlich von meinen Nippeln in meinen Schoß und brachten mich immer näher an den Abgrund der Lust. Ich wand mich, bockte seinen Stößen in meinen zuckenden Öffnungen entgegen. Spießte mich selbst auf seinen Fingern auf, bis diese bis zum letzten Fingerglied in mir steckten. Meine Kehle schmerzte bereits von meinen dumpfen Schreien.

Dennoch war mir klar, dass es einfach nicht genug war. Er trieb mich in den Wahnsinn, ohne mir Erlösung zu schenken.

Hilflos krallten sich meine Finger in die Fesseln und ich bäumte mich wieder auf.

Bloß nicht den Knopf drücken, wieder holte ich mein Mantra.

Die quälende zarte Zunge verschwand von meinem Lustknopf und Jason glitt an meinem Körper hinauf, ohne seine Stöße zu unterbrechen.

Sein Mund schnappte sich einen meiner pochenden Nippel. Leckte über das geschwollene Fleisch und erhöhten damit den lustvollen Schmerz.

»Du brauchst noch mehr, Schwesterchen, nicht wahr? Mehr als meine Finger in dir?!«

Tief stieß er mit seinen Fingern in mich. Mir blieb nur zu winseln und verrückt vor Geilheit zu nicken. Seine Finger glitten aus mir und ich spürte, wie er sich bewegte. Unruhig wetzte ich mit dem Hintern über den Tisch, unfähig ruhig liegen zu bleiben.

»Ich habe doch erwähnt, dass ich noch mehr Spielzeug gekauft habe«, erklärt er mir, während er mit seinen Fingern Lustsaft auf meinem Anus verteilte. Kurz tauchte er mit einem Finger in meine Spalte und dann tief in meinen Hintern, um mich zu schmieren. Danach zog er seine Finger aus mir zurück und ließ mich voller Spannung zurück.

All meine Aufmerksamkeit lag auf meinem Stiefbruder und den Bewegungen mit denen er meine Beine auf seine Schultern legte. Sein Körpergewicht, das sich gegen meine Schenkel lehnte und mich damit noch besser führ ihn zugänglich machte. Groß und fest positionierte er etwas an meiner triefenden

Spalte. Es war nicht warm genug für seinen Penis und fühlte sich ziemlich groß an. Vermutlich ein Dildo.

Langsam schob er sein Becken nach vorne und drängte ihn damit in mich. Dehnte mich langsam, so dass der Lustbringer immer weiter seinen Weg in mich fand. Nur um sich gleich wieder zurückzuziehen, bevor ich ihn wirklich tief in mir spüren konnte. Ungeduldig vor Lust versuchte ich mich selbst auf dem Spielzeug aufzuspielen und bäumte mein Becken auf. Mit einem leisen Lachen und hartem Griff fixierte Jason jedoch schnell meine Hüfte, so dass es mir nicht gelang.

»Ich bestimme, wann du gefickt wirst, Schwesterchen«, stellte er klar, nur um dann fortzusetzen: »Und wie du gefickt wirst.«

Still verharrte ich, während seine Finger sich in mein Fleisch bohrten. Wartete darauf, dass er sich endlich wieder bewegen würde. Nur um festzustellen, dass ich es genoss, ihm das Ruder zu überlassen. Ihn mit meiner Ungeduld spielen zu lassen. Als ich das akzeptierte und mein Körper sich entspannte, kam wieder Bewegung in Jason. Langsam ließ er sein Becken kreisen und schob den Dildo, der anscheinend an seinem Unterleib befestigt war, immer wieder ein Stückchen in mich. Dehnte mich immer wieder etwas weiter. Das Teil war wirklich verdammt groß und ich genoss den Schmerz der Dehnung. Vor und zurück, immer weiter drang er in mich. Mein Stiefbruder gab meinem Körper die Gelegenheit nachzugeben und sich von dem großen Eindringling ausfüllen zu lassen. Schließlich steckte er bis zum Anschlag in mir. Gemächlich glitt er aus mir heraus und wieder hinein. Füllte mich auf die beste Art und Weise. Meine Säfte strömten aus mir heraus, zwischen meinen Arschbacken hindurch und beschmierten den Tisch. Dann beugte Jason sich über mich und drückte den Dildo damit tiefer in mich. Füllte mich aus, bis die unnachgiebige Spitze gegen meinen Muttermund drückte, was eine weitere süße Welle des Schmerzes durch meine Nervenbahnen sendete.

»Und ahnst du schon, was jetzt kommt?«, raunte er dicht an meinem Ohr, während er den Kunstschwanz weiter in mich drückte. Mich weiter aufspießte, als wollte er in meine Gebärmutter eindringen und mich pfählen.

»Weißt du schon, was ich jetzt mit meinem Schwanz machen werde?«

Ich ahnte es.

Wusste es.

Wollte es!

Dumpf keuchte ich gegen den Knebel, während Jason seinen Unterleib ein Stück zurückzog und ich seinen großen Schwanz an meinem Hintereingang spürte.

Er würde mich in beide Löcher ficken!

Mein Atem kam keuchend vor lauter Gier, und Speichel lief am Knebel vorbei meine Wange hinab.

Dann war er da!

Schob seinen Schwanz in meinen Arsch und den Dildo wieder tief in mein vor Geilheit triefendes Loch. Ich konnte nicht anders und schrie gegen den Knebel.

Beide Schwänze rangen in mir um jeden Millimeter Platz und trotzdem zeigte mein Stiefbruder kein Erbarmen. Schob sich weiter tief in beide Löcher. Die unsanfte Behandlung des Vortags ließ meine Öffnungen noch mehr brennen und gab mir das Gefühl in lustvollen Flammen zu stehen. Tiefer und tiefer drang er in mich und füllte mich weiter aus. Pfählte mich, bis er schließlich so tief in mir steckte, dass er anstieß.

Der erste feste Stoß ließ mich Sterne sehen und meine inneren Wände zuckten. Ich war dankbar für den Knebel, denn ich stöhnte und schrie, als Jason begann mich zu ficken, dass die Nachbarn uns sicherlich die Polizei auf den Hals gehetzt hätten.

Unnachgiebig und hart drangen die Schwänze in mich, so tief, dass es auf eine gute Art schmerzte. Alles brannte und schien in Flammen zu stehen.

Es war genau, wie ich es so dringend brauchte.

Wie ich es wahrscheinlich schon immer gebraucht hatte.

»Ich sehe dir zu, Schwesterchen. Sehe, wo ich dich in deine Löcher ficke und dein Saft in Strömen aus dir fließt. Wie deine Löcher zucken, sieht so verdammt geil aus«, erklang Jasons mühsam beherrschte Stimme über mir. »Du siehst so verdammt geil aus!«

Seine Worte brachten meine Wände zum Beben. Das Gefühl meinem Stiefbruder ausgeliefert zu sein, meiner Lust ausgeliefert zu sein und den harten Stößen nicht entfliehen zu können katapultierte meine Lust in noch nie da gewesene Höhen. Ich konnte mir kaum vorstellen, wie es sich für ihn anfühlen musste. Wie eng und mit jeder meiner inneren Kontraktionen noch enger.

Diesmal spannte ich mich bewusst an und wurde mit fahrigeren, schnelleren Stößen belohnt.

»Süßes, kleines Schwesterchen, willst du, dass ich die Kontrolle verliere? Willst du, dass ich dich noch härter ficke? Willst du, dass ich dir meinen Saft wieder tief in den Arsch spritze?«

Mit jedem Wort, das knurrend übers Jasons Lippen kam, stieß er fester zu und ich spannte mich um ihn an. Quetschte ihn mit meinen inneren Muskeln, um ihm klar zu machen, wie sehr ich genau das brauchte und wollte. Seine harte Behandlung, die mich auf der Schwelle zwischen Schmerz und Lust taumeln ließ.

»Das könnte jetzt etwas weh tun!«, warnte mich Jason, doch ich hatte keine Zeit mich wirklich darauf vorzubereiten, als er mir unvermittelt die Klammern von den Nippeln nahm. Das Blut schoss schlagartig zurück in meine malträtierten Brustspitzen und der scharfe Schmerz flutete mein Nervensystem. Alles in mir spannte sich unter einem gellenden Schrei an, was Jason zum Keuchen brachte und ihm die letzte Hemmschwelle nahm. Wie vom Wahnsinn erfasst, packte er meine Hüfte und stieß knurrend in mich. Wild, wie ein Tier, fickte er meine Löcher.

Obszönes Schmatzen, wenn die Schwänze aus mir heraus- und wieder hineinglitten und das Klatschen unserer aufeinanderprallenden Körper erfüllte die Luft.

Meine Nippel brannten vor Schmerz und sendeten diesen direkt weiter in meinen Unterleib. Blind und hilflos verging ich in dieser Flut aus Schmerz und Geilheit. Flog mit Jasons animalischen Stößen über die Klippe, die mich in einen Orgasmus schickte, der mir den Verstand raubte und nicht enden wollte. Alles in mir krampfte, molk Jasons Schwanz, der Tief in mir steckte und unter meinen Kontraktionen weiter anschwoll.

»Ja, Schwesterchen. Oh Gott, ja«, knurrte er fahrig und klammerte sich an mich.

Sein steinharter Schwanz dehnte meinen Arsch weiter, während der Dildo mich schmerzhaft aufspießte. Beide in mir dicht aneinander gepresst, dass es sich anfühlte, als würde ich von nur einem riesigen Schwanz gefickt werden, der mich zerriss. Ein weiterer Höhepunkt rollte über mich hinweg und hilflos ließ ich es geschehen.

Ein letztes Mal vergrub Jason sich in mir und ich spürte seinen heißen Samen in mich fließen. Mit einem letzten tiefen Stöhnen, sank Jason auf mich hinab, barg das Gesicht an meinem Hals und schloss mich fest in seine Arme.

Das war eindeutig der beste Sex in meinem ganzen Leben gewesen! Erschöpft öffnete ich meine Hand und ließ den Schalter für die Klingel aus meinen Fingern gleiten. Ich brauchte ihn nicht mehr.

Epilog

Grinsend nahm ich den Maiskolben aus der Schale und reichte sie dann Jason zurück, der den zweiten nahm. Innerlich hoffte ich, dass er nicht nach Latex schmecken würde. Ich war mehr als froh, dass die Gurke entsorgt worden war. Auch ich hatte eindeutig meine Grenzen.

Es war schön, hier im Kreise der Familie zu sitzen, aber irgendwie auch seltsam. Alles fühlte sich so vertraut an und doch ganz anders, als noch beim letzten gemeinsamen Familienfest. Vor allem weil ich diesen Tisch nie wieder mit den gleichen Augen sehen konnte.

Bald würden Jason und ich in unsere Wohnungen zurückkehren und uns vermutlich bis Ostern nicht wiedersehen. Ein unangenehmes Ziehen machte sich

in meiner Brust breit, doch wir waren uns einig
gewesen: Weihnachten war eine einmalige Sache.
Oder?

Easter

Heiße Ostern
(Wicked Holidays 1)

J.A. Moon

Kapitel 1

Aufregung und Angst flatterten in meinem Bauch, wie hässlich mutierte Schmetterlinge auf Koffein, während ich die letzten Dinge in meine Reisetasche verstaute. Nach gefühlt endlosen Wochen würde ich endlich Jason wiedersehen, und ich war wahnsinnig nervös. Nachdem wir nämlich Weihnachten unsere stiefgeschwisterlichen Bande total über Bord geworfen hatten, befand ich mich seither in einem totalen emotionalen Chaos. Aber etwas anderes war wohl auch kaum zu erwarten, wenn man sich, mit seinem Stiefbruder, das Hirn rausvögelte. Was das jedoch nun genau für uns bedeutete, darüber hatten wir natürlich kein Wort verloren, und das machte mich einfach nur fertig. Trotzdem hatte ich in den vergangenen Wochen schlicht und ergreifend nicht den Mut aufgebracht, ihn direkt danach zu fragen. Wir hatten direkt zu Anfang vereinbart, dass Weihnachten eine einmalige Sache sein sollte, aber für mich fühlte es sich einfach nicht danach an. Wie ich es auch drehte und wendete, die ganze Situation fickte permanent mein Hirn und trieb mich in den Wahnsinn.

In Ermangelung einer anderen Möglichkeit hatte ich mich daher in mein Studium gestürzt. Wie eine Verrückte vergrub ich mich in meinen Unterlagen und beschäftigte meinen Kopf, sodass mein Freundeskreis mich schon fragte, ob ich zur Einsiedlerin mutieren wolle. Nur mit Evy hatte ich über das Thema geredet. Jedoch auch nicht freiwillig, sondern nachdem sie mich mit einer riesigen Portion Schokoeis mitten in der Nacht heulend auf der Couch in unserer WG vorgefunden hatte. Der rothaarige Sturkopf hatte mich nicht aus den Fängen gelassen, bis ich ihr erzählt hatte, was los war. Als ich endlich jemanden zum Reden hatte, waren in mir plötzlich alle Dämme gebrochen. Ich redete und redete, bis ich schließlich auch die letzten peinlichen Details losgeworden war. Dann war es zwischen uns ganz still geworden, und mein Magen hatte sich wie ein Gordischer Knoten angefühlt.

Wenn Evy das, was ich gerade erzählt hatte, weitererzählte, könnte ich direkt die Uni wechseln.

Während mir der Rotz aus der Nase lief und mein ganzer Körper von unwürdigem Schluckauf geschüttelt wurde, hatte ich daher ängstlich auf ihre Reaktion gewartet. Völlig umsonst, wie sich dann herausstellte. Nach kurzem Nachdenken hatte sie total entspannt reagiert und mich einfach nur fest in den Arm genommen. Da Jason, wie sie betonte, ja nicht wirklich mit mir verwandt sei und keiner von uns beiden etwas dafür könnte, dass unsere Eltern verheiratet waren, hätten wir alles Recht, zu machen, was wir wollten. Selbstredend war uns beiden klar, dass viele das anders sehen würden. Trotzdem nahm es mir eine enorme Last von den Schultern, nun eine Verbündete zu haben.

Evy hörte sich seither tapfer das Auf und Ab meiner Emotionen an. Sie versorgte mich je nach Gefühlslage mit Süßigkeiten oder Wein und war in der kurzen Zeit von einer lieben Zimmergenossin zu meiner besten Freundin geworden, mit der ich so ziemlich jeden Gedanken teilte. Zudem konnte sie mir noch einige Shopping-Tipps für ausgefallenes Spielzeug zeigen, und wir verbrachten Stunden damit, durch die Seiten zu scrollen und über die verschiedenen Accessoires zu diskutieren. Ich war jeden Tag aufs

Neue froh und dankbar, dass ich sie hatte. Selbst dann, wenn sie mit mir schimpfte und mit mahnendem Zeigefinger vor mir rumwedelte, weil ich es wieder einmal nicht geschafft hatte, mit Jason ein klärendes Gespräch zu führen.

Denn statt uns auszusprechen, waren mein Stiefbruder und ich zu unseren üblichen Telefonaten zurückgekehrt und steckten, bis darauf, dass ich jedem Gespräch entgegenfieberte wie eine Süchtige, in unseren alten Routinen fest. Wir erzählten uns, was jeweils so los war und uns im Alltag beschäftigte, wobei es bei mir außer Lernen und Chillen mit Evy nicht viel gab. Jasons Tage bestanden wie gewohnt aus Arbeit und den morgendlichen Sessions im Fitnessstudio. Ergänzt wurde sein nahezu immer gleichbleibender Tagesablauf nur durch Zeit mit seinem Kumpel Andy. Entweder die beiden stemmten zu unchristlichen Zeiten Gewichte, oder sie verbrachten die Wochenenden bei Pizza und Bier auf der Couch und suchteten Serien und Filme.

Ob er Andy von uns erzählt hatte? Keine Ahnung.

Jason war, soweit ich es beurteilen konnte, einfach in die Rolle des großen Bruders, der sich um seine kleine Schwester kümmerte, zurückgekehrt, als wäre Weihnachten nie passiert. Trotzdem hing genau das unausgesprochen zwischen uns in der Luft und trieb mich in den Wahnsinn.

Ich war ein verdammter Hasenfuß, da ich mich aus dieser Situation nicht selbst befreite und endlich mit ihm redete. Allerdings hatte ich so schreckliche Angst, alles für immer kaputtzumachen, dass es mir beim bloßen Gedanken daran, Jason zu verlieren, den Atem raubte. Das trieb mich dann wiederum in die nächste nächtliche Eisorgie, aus der mich Evy dann mit guten Worten und mahnendem Zeigefinger retten musste. Es war ein kraftraubender Teufelskreis, der mich ohne die vielen Süßigkeiten sicher einige Kilos gekostet hätte.

Obwohl ich Jason die ganzen Wochen vermisst hatte, waren mir die letzten Tage nun wie eine Galgenfrist vorgekommen. Die Vorfreude hatte sich mehr und mehr zu Angst gewandelt, und ich fühlte mich furchtbar. Unser letzter Chatverlauf kam mir in den Sinn, den ich so oft gelesen hatte, dass ich ihn bereits auswendig konnte:

Jason

Hey Schwesterchen, sehen wir uns an Ostern?

Mel

Hey Jason, klar werde ich da sein. Was denkst du denn?

Jason

Ich hatte gehofft, dass du das sagst.

Mel

Ich freu' mich.

Jason

Geht mir nicht anders, Kleines. Ich vermisse meine kleine Stiefschwester.

Ich hatte die Zeilen wieder und wieder gelesen, sie analysiert, mit Evy besprochen und sogar über männliche Verhaltensweisen gegoogelt.

Das Resultat?

Seine Worte konnten einfach alles bedeuten.

Seufzend nahm ich meine Tasche und ging zur Tür, wie ein Schaf zur Schlachtbank. Die letzten Tage waren eine Achterbahnfahrt zwischen Hoffnung und Niedergeschlagenheit gewesen. In einem dieser Hochs hatte ich das eine oder andere mehr in meine Tasche gepackt, nur um während der nächsten Talfahrt zu überlegen, ob ich es nicht gleich wieder auspacken sollte. Letztendlich hatte ich beschlossen, dass es nicht schaden konnte, es in der Tasche zu lassen.

»Jetzt komm schon, Mel. Du klärst das zu Hause mit ihm, und dann wird alles gut«, unterbrach Evy meine kreisenden Gedanken. Fest schloss sie mich zum Abschied in ihre Arme und drückte mich an sich. Ihre rote Mähne kitzelte meine Nase, während ich meine Stirn kurz an ihre Schulter lehnte und versuchte, ihre Zuversicht in mich aufzunehmen. So ganz wollte mir das nicht gelingen, trotzdem machte ich mich schließlich auf den Weg.

Aus eigentlich etwas über drei Stunden waren, bei der Ankunft am Haus meiner Eltern, fast fünf geworden. Der zäh fließende Verkehr und diverse Staus waren meine stetigen Begleiter gewesen und hatten mir schließlich auch noch die letzten Reserven geraubt. Das wechselhafte Wetter hatte den Rest besorgt, sodass ich körperlich wie seelisch zutiefst erschöpft war, als ich schließlich den Motor meines Autos abstellte. Wenigstens hatte der Regen ein Einsehen und verschonte mich.

Müde, aber zumindest trocken, schleppte ich mich zur Haustür, die in diesem Moment von meiner Mutter aufgerissen wurde. Im Licht der hereinbrechenden Dämmerung zeichnete sich ihre schmale Silhouette gegen das Flurlicht ab, und das Gefühl, nach Hause zu kommen, hüllte mich ein, wie eine warme Decke. Während ich mich auf sie zuschleppte, kostete es mich alle Kraft, nicht einfach loszuweinen und mit ihr über alles zu reden. Zeit meines Lebens hatte ich ihr immer alles erzählen können, doch an diesem Geheimnis konnte ich sie nicht teilhaben lassen, was mich innerlich zerriss.

Herzlich zog sie mich in eine feste Umarmung und drückte mir einen Kuss auf die Stirn.

»Schön, dass du endlich da bist, Schatz! Du siehst ziemlich müde aus«, begrüßte sie mich und dirigierte mich gleich weiter in den Flur.

»Die Fahrt war ziemlich anstrengend«, antwortete ich ihr, was mir einen mitfühlenden Blick einbrachte.

»David hat schon mit Jason telefoniert, der hangelt sich auch nur von Stau zu Stau. Wenn es so weitergeht, kommt er erst irgendwann heute Nacht an«, erzählte sie mir, während ich meine Jacke an die Garderobe hängte. Mein Magen machte einen unfreiwilligen Satz bei der Erwähnung meines Stiefbruders. Unweigerlich war ich froh, dass sie mein Gesicht in diesem Moment nicht sehen konnte, und sich ihre Stimme bereits entfernte. Ohne ihren Redestrom zu unterbrechen, hatte meine Mutter sich bereits auf den Weg in die Küche gemacht, und vergaß dabei mal wieder vollkommen, dass man so nur die Hälfte von dem verstand, was sie erzählte. Lächelnd über diese liebgewonnene Marotte folgte ich ihr. Die Erfahrung sagte mir, was immer sie gerade erzählte, würde sie sicher zeitnah noch einmal wiederholen, oder es war einfach nicht wichtig. Schließlich hatte sie diese Angewohnheit schon seit ich denken konnte und so machte ich mir dahingehend keine Sorgen, etwas Wichtiges zu verpassen. Der Geruch von Lasagne wehte mir entgegen, als ich im Flur, am Fuß der Treppe, stehen blieb. Ich musste mich dringend zusammenreißen, sonst würde unseren Eltern sicher bald auffallen, dass etwas nicht stimmte.

Innerlich versuchte ich mir ein letztes Mal Mut zuzusprechen. Denn egal was dieses Wochenende mit sich bringen würde, ich war bei meiner Familie und ich würde diese Zeit bestmöglich genießen! Außerdem wüsste ich dann wenigstens, woran ich war!

»Ich bringe nur kurz meine Sachen hoch«, rief ich meinen Eltern zu und war froh, dass ich mich ziemlich normal anhörte. Ein nahezu zeitgleiches »Okay« und anschließendes Lachen schallte aus der Küche zurück, während ich die Stufen nach oben stapfte. Bei Jasons Tür hielt ich inne und atmete tief ein, als schlagartig die Bilder unserer gemeinsamen Zeit an Weihnachten auf mich einprasselten. Die Szene, wie er mich mit seinem Schwanz und dem Dildo gefickt hatte, begleitete mich seither häufiger in den Abendstunden, als mir lieb war. Auch jetzt zog sich mein Unterleib bei der Erinnerung verlangend zusammen. Verdammter Mist, seither hatte es kein einziger anderer Mann geschafft, auch nur ansatzweise meine Aufmerksamkeit zu erregen. Mein elender

Stiefbruder hatte mich einfach für die Männerwelt verdorben.

Von mir selbst genervt, dass ich keine zwei Schritte gehen konnte, ohne dass Jason in meinen Gedanken war, ging ich weiter zu meinem Zimmer und öffnete die Tür. Wieder schwankte ich zwischen Traurigkeit, Frustration und Wut.

Halb knurrend warf ich die Tasche auf mein Bett, nur um noch einmal die Augen zu schließen und tief durchzuatmen.

Du schaffst das, Mel!

Es war ja auch nicht so, als hätte ich eine Wahl, also ergab ich mich in mein Schicksal. Mit angespannten Schultern und beginnenden Kopfschmerzen ging ich nach unten, um meinen Frust mit Lasagne zu mildern.

Käse machte schließlich alles besser, oder zumindest wäre ich genug beschäftigt, um Jason wenigstens vorübergehend aus meinen Gedanken zu vertreiben.

Ich war so armselig!

Ich wusste nicht, was mich geweckt hatte, aber ich hatte das untrügliche Gefühl, nicht mehr alleine zu sein. Es war stockdunkel im Zimmer, und Regen prasselte laut ans Fenster. Mein Herzschlag beschleunigte sich, während meine Nackenhaare sich aufstellten.

War hier jemand, oder bildete ich mir das nur ein?

Mein Blut rauschte in meinen Ohren, als ich mich ängstlich aufsetzte.

Wer soll schon hier sein, Mel, versuchte ich mich selbst zu beruhigen. Trotzdem wurde ich das mulmige Gefühl in meinem Bauch nicht los. Unruhig tastete ich nach dem Schalter der Nachttischlampe, als sich plötzlich eine große Hand auf meinen Mund presste. Erschrocken schrie ich auf, während sich ein Arm wie ein Baumstamm um meinen Oberkörper schlang und mich bewegungsunfähig machte. Adrenalin flutete mein Nervensystem.

Wer immer das war, ich würde ihm die Augen auskratzen. Ich würde …

Ein nur allzu bekannter Geruch streifte meine Nase, und plötzlich wusste ich ganz genau, wer mich hier nachts in meinem Bett überfiel.

Jason!

Ich konnte in diesem Moment nicht genau sagen, welche Emotion überwog – Wut oder Lust. Aber mit Sicherheit würde ich ihm das hier nicht leicht machen, auch wenn ich fast einen halben Meter kleiner war als er. Wie konnte er mir mitten in der Nacht nur so einen Schrecken einjagen?!

Kraftvoll stieß ich meinen Kopf nach hinten und hörte ihn augenblicklich schmerzhaft aufkeuchen. Sein Griff lockerte sich, und ich nutzte die Gunst der Stunde, ihm meinen Ellbogen in die Rippen zu rammen. Ein weiterer Schmerzenslaut war mein Lohn. Anstatt aber jetzt das Weite zu suchen, fuhr ich zu ihm herum und verpasste ihm einen Schlag gegen die breite Brust.

»Bist du verrückt geworden? Was soll das?«, zischte ich ihn an. Auch wenn unsere Eltern eine Etage tiefer schliefen und es sehr unwahrscheinlich war, dass sie etwas mitbekommen würden, wollte ich kein Risiko eingehen. Wütend tastete ich erneut nach dem Lichtschalter, um ihn endlich sehen zu können. Die Lampe flammte auf, und ich fuhr zu meinem Stiefbruder herum, um meine Schimpftirade fortzusetzen. Die Worte blieben mir jedoch im Hals stecken, als ich ihm ins Gesicht blickte. Mein Hinterkopf hatte dafür gesorgt, dass seine Unterlippe aufgeplatzt war und

Blut färbte sie rot. Das war es aber nicht allein, was mich innehalten ließ. Es war die Mischung aus Lust und Verzweiflung, die sein Gesicht zeichnete, und wie unnatürlich bewegungslos er auf dem Bett hockte. Er wirkte, als benötigte er jedes Quäntchen seiner Willenskraft, um dort zu verharren. In diesem Moment fiel es mir wie Schuppen von den Augen, ich war so verdammt dumm gewesen! Als ich den Mann ansah, den ich schon so lange kannte, war mir vollkommen klar, was er in diesem Moment dachte, und es zerriss mir für uns beide das Herz.

Er wollte mich mit der gleichen Dringlichkeit wie ich ihn. Doch es ging ihm augenscheinlich wie mir die letzten Wochen.

Wir waren beide solche Idioten!

Einen frustrierten Laut ausstoßend, griff ich mit beiden Händen in seine Haare und riss seinen Kopf zu mir herunter. Ich schmeckte Blut, als ich meine Zunge zwischen seine Lippen schob. Eilig krabbelte ich auf seinen Schoß, um möglichst viel von ihm durch den Stoff unserer Kleidung zu spüren. Er trug sogar noch seine Jacke, deren Feuchtigkeit durch mein Shirt drang. Er war direkt in mein Zimmer gekommen, ohne sich um etwas anderes zu scheren. Hoffentlich hatten unsere   Eltern nichts gemerkt, doch gerade war mir auch das ziemlich gleichgültig. Ich hatte ihn so sehr vermisst.

Während mein Mund seinen in einem blutigen Kuss verschlang, kam wieder Leben in ihn. Seine Arme schoben sich unter mein Schlafshirt, streichelten meine Haut und pressten mich dabei an sich, als wäre jedes Quäntchen Luft zwischen uns zu viel.

»Verdammt, ich hab' dich so vermisst, Schwesterchen!«, knurrte er in meinen Mund und bestätigte damit meine vorherige Vermutung.

»Dann hättest du das, in drei Teufels Namen, am Telefon sagen sollen, du Idiot!«, knurrte ich ihn an. Energisch begann ich, ihm die Jacke von den Schultern zu schieben, sein Shirt folgte. Ich konnte es nicht ertragen, seine Haut nicht spüren zu können. Das Bedürfnis, ihm ganz nah zu sein, war überwältigend. Es war wie das Befriedigen einer Sucht, und ich war bereits seit Wochen auf Entzug.

Mein Schlafshirt landete auf dem Boden, und ich wusste bereits jetzt, dass ich für ihn so bereit war, dass mein Slip vor Lustsaft überlief und ich vermutlich bereits feuchte Flecken auf seiner Jeans hinterließ. Es war mir verdammt noch mal egal!

Ich brauchte ihn so sehr, wie die Luft zum Atmen.

Gereizt, wie eine wütende Katze, kratzte ich ihm über die Brust und sah voller Befriedigung die sich rot färbenden Kratzer. Er sah an sich hinab und mit glühendem Blick betrachtete er mein Werk, und seine Lippen verzogen sich zu einem Lächeln.

Er wusste genau, dass ich ihn gerade auf eine ziemlich primitive Art markiert hatte.

»Du kleines Biest«, knurrte er mir zu, und die Vielzahl an unter der Oberfläche kochenden Emotionen, färbte seine Stimme dunkel. Mit einem Ruck drehte er mich um, presste seine Hand wieder auf meinen Mund und beförderte mich mit Schwung vom Bett. Überrascht keuchte ich gegen seine Handfläche, bevor ich unsanft auf dem Boden aufkam. Ich war froh über die massive Bauweise des Hauses, da der Aufprall sonst sicherlich alle aufgeweckt hätte. Meine Knie schmerzten vom Aufprall, doch es hätte mir kaum gleichgültiger sein können. Das Einzige, was zählte war Jason, und mein Verlangen, ihn zu spüren. Ich kniete, den Oberkörper aufrecht, vor ihm am Boden. Die Hitze seiner Haut brandete gegen meinen nackten Rücken, und ich glaubte, das kräftige Schlagen seines Herzens zu spüren. Ich fühlte mich winzig gegenüber seinem großen Körper, während mein Hinterkopf an seiner durchtrainierten Brust ruhte. Diese Position machte mir den Größenunterschied von etwas über einssechzig zu zwei Metern umso bewusster.

Er nahm die Hand von meinem Mund, löste sich etwas von mir und legte seine Pranke in meinen Nacken. Leise knurrend wehrte ich mich gegen diese dominante Geste, doch sein Griff verfestigte sich, bis ich das Gefühl hatte, in einem Schraubstock gefangen zu sein. Trotz meiner Gegenwehr sorgte genau dieses Gefühl für ein süßes Ziehen zwischen meinen Schenkeln. Widerspenstig versuchte ich, ihn hinter mir zu erreichen und ihn zu kratzen. Alles in mir sträubte sich dagegen, mich ihm kampflos zu ergeben.

Schließlich erwischte ich ihn und spürte die warme Haut seiner Flanken unter meinen Fingerspitzen. Kratzte über seine Haut, bis er zischend die Luft einsog. Befriedigung durchfuhr mich, bis er grob meine Arme einfing und hinter meinem Rücken fixierte.

Frustriert über meine erzwungene Wehrlosigkeit, stieß ich den Atem aus. Woraufhin er meinen Oberkörper langsam nach unten drückte, während ich mich unter seinem Griff wand. Mein Hintern rieb dabei trotz allem gierig gegen seine Oberschenkel und verriet unmissverständlich, wie ich trotz meines Gezappels die Situation genoss. Schließlich kam ich unten an, und meine Brust wurde gegen den kühlen Boden gepresst. Nur mein Hintern ragte in die Höhe, wie eine Opfergabe, die es zu empfangen galt. Grob schob er meine Beine mit seinem Knie auseinander und spreizte meine Schenkel, bis ich die kühle Luft an meiner ungeschützten, feuchten Spalte spüren konnte. Der Griff in meinen Nacken löste sich und verschwand, während die andere Hand weiter meine sich wehrenden Arme fixierte. Das metallische Klacken eines sich öffnenden Gürtels übertönte unsere keuchenden Atemzüge. Das Surren, als er ihn aus den Schlaufen zog, folgte unmittelbar und ließ mich erschauern. Widerstand und Lust rangen in mir. Doch ein viel zu großer Teil von mir wehrte sich gegen die Möglichkeit, mich ihm einfach zu unterwerfen.

Er hatte mich die letzten Wochen leiden lassen und nun sollte ich ihm einfach so zur Verfügung stehen? Mich ihm ergeben, wie ein braves Hündchen?

Aufgeladene Emotionen durchströmten jede Faser meines Körpers, sodass ich mich schlichtweg weiter wehren musste.

Ich konnte es ihm unmöglich zu leicht machen, musste ihm wenigstens auf diese Weise zeigen, wie wütend ich auf ihn war und dass ich nicht weniger gelitten hatte als er!

Er kannte mich gut genug, er hätte wissen müssen, was er mir damit antat!

Knurrend stemmte ich mich wieder und wieder gegen seinen Griff, versuchte mich zur Seite zu werfen, bis er mich ruckartig zwischen seinen Schenkeln einklemmte. Schließlich nahm er noch seine zweite Hand zu Hilfe, um meine Arme an meinem Rücken abzuwinkeln und die Unterarme aneinanderzulegen. Mit einer seiner großen Hände umfasste er dann beide Unterarme, als wären sie nicht größer als die eines Kindes, und fixierte sie.

Wieder knurrte ich vor Wut, sagte aber kein Wort, um ihn aufzuhalten. Ich brauchte das gerade, vermutlich genau so sehr wie er – ein Ventil für meine Wut und unsere angestauten Emotionen.

Ich versuchte erneut, mich ihm zu entwinden, doch seine pure Kraft hielt mich am Boden, während er seine zweite Hand nutzte, um den Gürtel um meine Unterarme zu legen. Mit einem Ruck wurde das Leder strammgezogen und nahm mir damit endgültig die Möglichkeit, ihm zu entkommen.

Der Druck durch seinen festen Griff ließ nach, und seine Hände lösten sich von mir. Unser keuchender Atem hallte laut von den Zimmerwänden wider, während er ein Stück von mir abrückte. Sofort vermisste ich seine Wärme, als ein plötzlich aufflammender, scharfer Schmerz mir einen leisen Schrei entlockte.

Jason hatte mir ohne viel Federlesen den Tanga von den Hüften gerissen.

»Besser!«, raunte er, bevor er sich erhob, nicht ohne noch einmal besitzergreifend über meinen Hintern zu streicheln.

Still blieb ich liegen, sammelte meine Kräfte, während ich auf das Rascheln des Stoffes lauschte, als er seine restliche Kleidung auszog. Wieder trat er hinter mich, und ich konnte aus den Augenwinkeln sehen, wie er sich hinkniete. Umgehend spürte ich seinen warmen Körper und seine Hände, die über die nackte Haut meines Hinterns strichen.

Mit gierigem Griff knetete er das feste Fleisch meiner Backen, zog sie auseinander und hielt dann inne.

Offen und feucht glänzend war ich seinem Blick ausgeliefert, und ich spürte seine intensive Musterung fast körperlich. Feuchte Tropfen lösten sich aus meiner Spalte, und ich fühlte, wie sie meinen Oberschenkel hinabbrannten. Bockig versuchte ich, mich ihm zu entziehen. Warf meinen Unterkörper hin und her, bis seine kräftigen Finger sich in mein Fleisch bohrten und mich zum Stillhalten zwangen.

»Schwesterchen«, kam es knurrend aus seiner Kehle. »Wenn du nicht willst, dass das hier eine kurze und ziemlich harte Nummer wird, solltest du damit aufhören, deine feuchte Spalte vor mir tanzen zu lassen!« Demonstrativ riss ich erneut die Hüfte zur Seite und wand mich unter seinem Griff.

»Fick dich, Jason! Die letzten Wochen waren die Hölle!«, ließ ich ihn leise fauchend wissen. »Ich weiß immer noch nicht, ob ich dir die Augen auskratzen oder mich von dir ficken lassen soll. Ständig frage ich mich, ob ich dir etwas bedeute, oder ob nur dein Schwanz mich will.«

Er erstarrte hinter mir zur Salzsäule, und sein schwerer Atem erfüllte die Luft, als hätte er einen Kampf gegen eine Übermacht zu bestreiten.

»Ob du mir etwas bedeutest, Schwesterchen?«, seine Stimme klang gepresst, als würde es ihm Schmerz bereiten, diese Worte auszusprechen. Dann beugte er sich über mich und legte seine Hand über meinen Mund.

»Ja, du bedeutest mir etwas«, raunte er mir zu. »Mir UND meinem Schwanz.«

Genau diesen setzte er nun an meiner begierigen Mitte an. Tauchte ein Stück ein, als wollte er ihn von meinem Nektar kosten lassen. Bedürftig wimmerte ich gegen seine Handfläche.

»Bitte, großer Bruder«, flehte ich fast unhörbar gegen seine Haut. Doch er verstand ohne weitere Worte, rammte sich in mich, als könnte er keine Sekunde mehr länger darauf warten, tief in mir zu sein. Wäre ich nicht so feucht gewesen, hätte ich Angst gehabt, dass es mich zerreißt. So stöhnten wir beide erlöst auf. Erleichtert einander zu spüren und doch wissend, dass es nicht genug war. Gierig reckte ich meinem Stiefbruder meinen Unterleib entgegen, als er mit tiefen, harten Stößen in mich drang und mich mit seinem großen Schwanz gnadenlos aufspießte. Wieder und wieder stieß er gegen das Ende meines Tunnels, küsste meinen Muttermund und drang so tief in mich ein, als wollte er auch dieses Hindernis überwinden. Der süße Schmerz ließ mich gegen seine Hand an meinem Mund winseln. Wie ein Presslufthammer rammte er sich ohne Rücksicht in mich. Getrieben wie ein Junkie, füllte er mich aus, bis das laute Klatschen von Haut auf Haut und das feuchte Schmatzen meiner Lustsäfte den Raum erfüllten.

Bitte lass es unsere Eltern nicht mitbekommen, betete ich im Stillen, während die Angst erwischt zu werden, meiner kranken Lust noch einen Kick verpasste.

»Hast du einen anderen gefickt, Schwesterchen? War ein anderer in deiner kleinen Spalte?«, knurrte mein Stiefbruder mir ins Ohr, während er sich in mich rammte, als wollte er jede Spur eines möglichen Konkurrenten aus mir heraus ficken.

Energisch schüttelte ich meinen Kopf, während ich mich ihm entgegenstemmte. Er war der Einzige, den ich wollte, auch wenn er das augenscheinlich noch nicht begriffen hatte.

»Keiner in deiner Spalte oder in deinem Arsch?«, fragte er keuchend, während er sich dicht an meinen Rücken presste und einen Teil seines Gewichts auf mir ablegte. Sein zweiter Arm griff um mich und seine Finger fanden meine Lustperle.

Wieder schüttelte ich den Kopf und stöhnte dumpf unter seiner Hand, während Jason kräftig meine Knospe rieb.

»Gut, Schwesterchen, und das wird so bleiben, denn ich glaube, uns ist beiden klar, dass du ab jetzt mir gehörst!«

Mit dieser Ansage vergrub er seine Zähne in meiner Schulter. Markierte mich, während er mich weiter fickte. Sich wie ein Besessener in mir vergrub, als müsste er mich von innen sowie von außen als sein Eigen markieren. Schmerz explodierte in meinem Nervensystem, und vor überschwappender Lust krampfte ich mich um seinen Schaft zusammen. Kam in der Gewissheit, dass ich mir umsonst Sorgen gemacht hatte.

Jasons Schwanz zuckte in mir, schwoll weiter an, als sein Saft sich bereit machte, aus ihm herauszuströmen. Die Vibration seines ekstatischen Knurrens übertrug sich auf den schmerzenden Biss, während er zuckend in mir abspritzte und meinen Höhepunkt damit noch einmal in die Länge zog. Orgasmisch krampfend molken meine inneren Wände ihn bis auf den letzten Tropfen leer und schwer atmend brachen wir auf dem Boden zusammen. Seinen Schwanz noch immer tief in mir vergraben, drehte er uns zur Seite, löste seinen Oberkörper von mir und öffnete den Gürtel um meine Arme. Die verspannten Muskeln protestierten, als ich sie aus der ungewohnten Haltung wieder nach vorne bewegte und ein kurzer Laut des Schmerzes kam über meine Lippen. Sanft barg Jason mich an seiner großen Brust und hüllte mich in eine Umarmung.

»Alles in Ordnung?«, fragte er leise, wieder ganz der fürsorgliche große Bruder, während seine Finger zärtlich über meine Seite strichen. Schweigend nickte ich, weil mir unzählige Gedanken durch den Kopf gingen, die ich einfach nicht über die Lippen brachte. Hatte sich eben noch alles gut und richtig angefühlt, machte sich bereits jetzt wieder die Unsicherheit bemerkbar.

Zur Hölle mit dieser Achterbahn der Gefühle!

Kapitel 2

Der Geruch von kross gebratenem Speck und Eiern begrüßte mich, als ich am nächsten Morgen die Küche betrat. David, mein Stiefvater, stand am Herd und sang laut und schief ein Lied aus dem Radio mit. Lächelnd nahm ich die Ähnlichkeit zu seinem Sohn zur Kenntnis, auch wenn Jason bestimmt zehn Zentimeter größer war und vom Sport wesentlich muskulöser. Dennoch, von der Haltung bis zu den wuschligen, blonden Locken, die bei David schon von grauen Strähnen durchzogen waren – die Ähnlichkeit war unverkennbar. Verschlafen rieb ich mir über den Biss auf meiner Schulter und zupfte mein Shirt zurecht, bevor ich weiter in den Raum schlurfte. Ich hatte wenig Lust auf Fragen, sollten unsere Eltern Jasons kleines Geschenk entdecken. »Guten Morgen,

Schatz«, erklang in diesem Moment die Stimme meiner Mutter, die den Kopf aus dem Esszimmer hereinsteckte. Erschrocken machte ich einen Satz zur Seite und verursachte dadurch allgemeine Heiterkeit. So ein Mist, dass ich in Gedanken nicht von Jason loskam, hatte gerade dazu geführt, dass ich nun als personifiziertes, schlechtes Gewissen, mit wild klopfendem Herzen und aufgerissenen Augen meine ziemlich amüsierte Mutter ansah.

»Guten Morgen, Mama«, begrüßte ich sie mit unnatürlich hoher Stimme, bevor ich mich wieder gänzlich im Griff hatte. Ich hoffte nur, dass sie nichts von meiner Schulter gesehen hatte, doch ihrem Gesicht war nichts anzumerken, sodass sich mein Herzschlag wieder beruhigte. Trotzdem blieb das Gefühl, mit der Hand in der Keksdose ertappt worden zu sein.

Leise lachend begrüßte mich nun auch mein Stiefvater, der dafür seine morgendliche Gesangseinlage unterbrach: »Guten Morgen, Mel. Gut geschlafen?«
Möglichst unauffällig sah ich zwischen den beiden hin und her und zögerte kurz mit meiner Antwort. Meine Mutter hatte einen ziemlich leichten Schlaf und trotz aller Bemühungen waren wir nicht ganz leise gewesen. Allerdings war ihr Lächeln wie immer und ich beruhigte mich selbst, dass ihr Schlafzimmer

schließlich im Erdgeschoss und am anderen Ende des Hauses lag. Leise stieß ich den Atem aus, von dem mir nicht einmal bewusst gewesen war, dass ich ihn angehalten hatte.

Beruhig dich Mel, sie haben nichts mitbekommen!

»Guten Morgen. Ja, alles super«, antwortete ich schließlich und konnte mir das Gähnen nicht verkneifen.

»So müde? Warte, ich mach' dir einen Kaffee«, schmunzelte mein Stiefvater und stellte für mich eine Tasse unter den Kaffeevollautomaten, bereits das nächste Lied auf den Lippen. Dankbar nahm ich diese im Anschluss entgegen und nippte an dem heißen Gebräu, bevor ich David einen kleinen, dankbaren Kuss auf die Wange drückte. Sein Lächeln wurde breiter, während er fröhlich weiter vor sich hin sang.

Wieder einmal wurde mir bewusst, was für ein Glück ich mit meiner Familie hatte. Er und Jason waren bei uns eingezogen, als ich mitten in der Pubertät war, doch irgendwie hatte es von Anfang an gepasst. Vielleicht auch, weil ich einfach froh war, dass meine Mutter nach dem Tod meines Vaters endlich jemanden gefunden hatte, dem sie ihr Herz wieder öffnen konnte. Er trug meine Mutter seither förmlich auf Händen und machte sie auch nach Jahren noch unheimlich glücklich. Wäre das zwischen Jason und mir nicht, wären wir vermutlich die perfekte Patchwork-Familie.

Im Esszimmer klapperte mittlerweile das Geschirr, und ich hielt ganz automatisch Ausschau, ob ich etwas rüberbringen könnte, um beim Tischdecken zu helfen.

»Deine Mutter kommt gut alleine zurecht, trink erst mal deinen Kaffee«, kommentierte David meinen suchenden Blick.

»Ich glaube, sie vermisst es, sich um euch zu kümmern und hat deswegen jetzt umso mehr Spaß, alles vorzubereiten. Das Haus ist ganz schön leer, seit ihr beide ausgezogen seid. Aber falls du etwas tun möchtest, könntest du kurz schauen, ob Jason noch schläft. Vielleicht möchte er ja mit frühstücken«, ergänzte mein Stiefvater und anhand seines nostalgischen Lächelns war auch ihm anzumerken, dass es ihm fehlte, uns zwei im Haus zu haben. Kurz zog sich mein Herz in der Brust zusammen, da ich meine Familie auch sehr vermisste. Gerade in den letzten Wochen hatte ich bereits mehrfach mit mir gehadert, ob es so eine gute Idee gewesen war, zum Studieren so weit weg zu ziehen.

»Er ist erst irgendwann heute Nacht angekommen, und ich weiß nicht, ob er überhaupt wach zu bekommen ist«, fügte David abschließend hinzu und ich nickte verstehend.

»Klar, ich gehe gleich hoch und versuche mein Glück«, entgegnete ich und drückte David noch einmal fest, bevor ich mich auf den Weg machte.

Mit jedem Schritt in Richtung meines Stiefbruders spürte ich, wie mein Puls sich beschleunigte. Auch wenn ich die Zeit mit meiner Familie vermisste, so waren meine Gedanken an Jason gerade überhaupt nicht geschwisterlich. Selbst wenn ich ihn bereits hunderte Male geweckt hatte, war es heute einfach anders. Mein Herz klopfte voller Vorfreude, und Hitze pulsierte unter meiner Haut, als ich schließlich vor seiner Tür stand. Sehnsüchtig pochte meine Mitte und erinnerte mich überdeutlich an letzte Nacht. Kurz lehnte ich meine Stirn gegen das kühle Holz der Tür und atmete tief durch, bis mir eine Idee kam, die mir ein Lächeln entlockte.

Mel, eure Eltern sind unten, das ist keine gute Idee, ermahnte ich mich innerlich, mit dem restlichen Funken Anstand, der in mir steckte. Aber dennoch zögerte ich keine Sekunde und spürte, wie meine Lippen sich zu einem wilden Grinsen verzogen.

So geräuschlos wie möglich drückte ich die Türklinke nach unten und öffnete die Tür. Die Vorhänge waren zugezogen, und der große Umriss meines

Stiefbruders war im Dämmerlicht unter der Decke zu erkennen. Lautlos schloss ich die Tür hinter mir, beugte mich hinab und stellte meine Kaffeetasse direkt davor. Sollte jemand sie öffnen, würde es ordentlich scheppern und uns einige Sekunden verschaffen. Nicht, dass ich glaubte, dass uns das in einer solchen Situation wirklich retten würde, es beruhigte nur etwas meine Nerven. Natürlich hätte ich gerne abgeschlossen, doch es gab schon seit Jahren keinen Schlüssel mehr.

Auf Samtpfoten schlich ich mich zum Bett, wohl wissend, dass wir maximal fünfzehn Minuten hatten. Den Blick auf meinen Stiefbruder gerichtet, schob ich mich unter die Decke, direkt auf seinen großen Körper. Augenblicklich veränderte sich seine Atmung, und seine Arme schlangen sich um mich. Auch wenn seine Augen geschlossen blieben, hielt ihn das nicht davon ab, seine Nase in meinen Haaren zu vergraben und geräuschvoll die Luft einzusaugen. Dann gingen seine Hände auch schon auf Wanderschaft und schoben sich unter mein Shirt. Selbst im Halbschlaf nur allzu begierig darauf, jeden Zentimeter meiner Haut zu erkunden. »Dad fragt, ob du wach genug zum Frühstücken bist«, flüsterte ich leise an seinem Ohr, während ich mich an ihn schmiegte.

»Nur, wenn es dich zum Frühstück gibt«, brummte er mit von Schlaf rauer Stimme, während er genüsslich meinen Hintern knetete.

»Dafür haben wir leider keine Zeit, Brüderchen, aber vielleicht kann ich dir ja trotzdem beim Aufwachen helfen«, bot ich ihm an, während ich mich an seinem Körper bereits abwärts schob und unter der Decke verschwand. Vorsichtig schob ich sein Shirt nach oben, um an die weiche Haut seines Bauches zu kommen, die sich dort über den verführerischen Wellen seiner Bauchmuskeln spannte.

Immer wieder ein hübscher Anblick, von dem ich einfach nicht genug bekommen konnte.

Sanft saugte und leckte ich an ihm, erkundete die leichten Hügel und Täler seines trainierten Bauches, bevor ich meine Reise nach Süden fortsetzte. Die gekräuselten Haare kitzelten meine Lippen, während ich mich weiter abwärts küsste. Der Geruch nach seinem Duschgel begrüßte mich und verriet mir, dass er nach unserem nächtlichen Intermezzo noch geduscht hatte. Zusammen mit seinem ganz eigenen, männlichen Geruch, lockte dieser verführerische Duft mich immer tiefer, bis ich endlich am Ort meiner Begierde ankam. Gierig saugte ich seinen halb steifen Schwanz in meinen Mund, der augenblicklich zu vollem Leben erwachte. Jason spannte sich an und ein leises Stöhnen entkam seinen Lippen.

»Fuck, Schwesterchen, das ist mal ein nettes ›Guten Morgen‹!«, presste er hervor, während seine Hand an meinem Hinterkopf Halt suchte. Gierig züngelte ich über den Rand seiner Eichel, leckte die Unterseite seines Schaftes, bis zu seinen Eiern. Saugte erst den einen, dann den anderen warmen Ball in meinen Mund, nur um dann seinen Schaft nach oben zu züngeln. Erneut fand sein Schwanz seinen Weg in meinen Mund und ich saugte so fest an ihm, bis sich seine Finger in meinem Haar zu einer Faust ballten und seine Hüfte gierig vorwärts ruckte. Schnell umfasste ich den unteren Teil seines Schwanzes, damit er nicht zu tief in meine Kehle vordringen konnte, denn ich war keine der Frauen, die es schafften, so einen riesigen Schwanz in ihrer Kehle zu versenken. Mit der zweiten Hand umschloss ich sanft seine Hoden, knetete sie, während mein Mund seinen Schwanz feucht und warm umfing. Seine keuchenden Atemstöße drangen trotz der Decke an mein Ohr und die Angst, erwischt zu werden, erhöhte auf willkommene Weise meinen Puls.

Krankes kleines Luder, schimpfte ich mich selbst, konnte aber nicht verhindern, dass mein Slip genau deswegen von Feuchtigkeit durchtränkt wurde.

Gierig versuchte Jason, seinen Schwanz noch tiefer in meinen Mund zu schieben. Fixierte mit der einen Hand meinen Kopf, während er seine Hüfte vorwärts schob, um meine Mundhöhle tief zu ficken. Gnadenlos testete er meine Grenzen aus, und Tränen traten mir in die Augen, während meine eigene Hand dafür sorgte, dass er nicht ganz in meinem Rachen verschwinden konnte. Trotz des Kampfes um jeden Zentimeter in meinem Rachen hielt ich ihn nicht auf. Stattdessen löste ich meine Hand von seinen Hoden und ließ einen Finger über seinen Damm gleiten. Massierte diesen, bis Jason die Beine etwas spreizte, um mir besseren Zugang zu gewähren. Die wenigsten Männer gestatteten sich die Verletzlichkeit, sich dort streicheln zu lassen, dabei fühlte es sich, soweit ich wusste, ziemlich gut an.

Mal sehen, für wie viel Vergnügen Jason heute Morgen zu haben war.

Während mein Mund ihn weiter verwöhnte, ließ ich meine Finger weiter wandern und rieb mit leichtem Druck den Pfad bis zu dem kleinen Muskelring, strich sanft darüber und reizte den empfindlichen Bereich. Stöhnend schob Jason sich härter in meinen Mund.

»Mel«, kam es kaum hörbar, als raues Flüstern über seine Lippen, und mein Unterleib zog sich bei dem

Gedanken, dass ich für diesen bedürftigen Laut verantwortlich war, heiß zusammen. Fester umfasste ich seinen Schaft, saugte ihn tief in meine Mundhöhle und ließ ihn so weit vordringen, wie es mir nur möglich war. Dann streichelte ich erneut über seine dunkle Pforte. Stupste die Öffnung mit meinem Mittelfinger an, bis der Griff in meine Haare erneut fester wurde. Ich spürte augenblicklich, wie meine unausgefüllte Mitte vor Gier zuckte.

Wie gerne würde ich mich gerade von ihm ficken lassen.

Weiter stieß Jason zu, touchierte meine Kehle, sodass ich die Zehen gegen den Würgereflex einrollen musste. Trotz allem hielt mich das nicht auf. Immer wieder schob ich meinen Finger gegen den kleinen Muskelring, während Jason immer härter in meinen Mund stieß. Speichel lief mir unaufhaltsam aus den Mundwinkeln, über meine Hand, die im Gleichklang mit meinen Lippen agierte. Rann hinab über seine Eier, bis die glitschige Flüssigkeit schließlich bei meinen streichelnden Fingern angelangt war, und mein vorsichtiges Eindringen schmierte. Jasons zweite Hand fand ihren Weg in meine Haare, und sein keuchender Atem erfüllte den Raum. Stetig stieß er in meine Mundhöhle, fickte sie, als mein erstes Fingerglied mit einem Mal den Muskelring überwand und in seinen Hintern eindrang. Kehlig knurrte er meinen Namen, während ich seinen Hintern mit winzigen Stößen penetrierte. Er genoss es, und das heizte mich unwahrscheinlich an. Würde ich meine Hände nicht benötigen, hätte ich mich mit Sicherheit mit ein wenig Reibung zum Höhepunkt bringen können. Doch gerade war er mir wichtiger, als meine eigenen Bedürfnisse. Genüsslich saugte und leckte ich an ihm, versuchte immer wieder, ihn bis an meine Grenzen in meinen Rachen zu lassen. Gleichzeitig drang ich tiefer in seine dunkle Pforte vor und übte sanften Druck nach oben aus.

Mein Lohn ließ nicht lange auf sich warten.

Seine Atemzüge wurden kürzer, abgehackter, die Stöße zwischen meine Lippen immer fahriger, und auch ohne sein Gesicht zu sehen, wusste ich, dass er mir gleich seinen Samen zum Schlucken geben würde. Meine eigene Gier machte mich forscher, und ich schob ihm meinen Finger tiefer in den Anus. Massierte seine inneren Wände, während er meinen Mund fickte. Sein Schwanz schwoll weiter an, und ein dumpfes Grollen kam aus seiner Kehle. Kündigte das Unvermeidliche an, das meinen eigenen Unterleib sehnsüchtig zucken ließ.

Dann kam er, spritzte mir seine ganze Ladung in die Kehle, die ich eifrig schluckte, bis auch der letzte

Tropfen herausgequollen war. Sanft löste ich mich von ihm, leckte noch über seine Schwanzspitze, um auch das verbleibende bisschen Geschmack in mich aufzunehmen. Ich liebte bereits jetzt sein herbes Aroma und war mir sicher, dass es nicht das letzte Mal sein würde, dass ich nach seinem Saft in meinem Mund gierte.

Brummend zog mich Jason nach oben, bis ich neben ihm lag, und er mich in eine Umarmung hüllen konnte. Träge deckte er uns zu und nuschelte »Nur fünf Minuten kuscheln« gegen meinen Hinterkopf, was mich unweigerlich zum Schmunzeln brachte. Dennoch glaubte ich nicht, dass ich das gerade ertragen konnte. Mein Körper fühlte sich immer noch heiß an, und ich würde unter der warmen Decke und mit seinem halbsteifen Schwanz an meinem Hintern, in den nächsten fünf Minuten sehr wahrscheinlich einfach in Flammen aufgehen.

»Dafür werde ich mich später revanchieren, Schwesterchen«, brummte er und ich hörte ihm an, dass er bereits wieder zielsicher auf dem Weg ins Land der Träume war. Obwohl die Situation für mich gerade ziemlich unbefriedigend war, musste ich dennoch bei diesem klischeehaft männlichen Verhalten leise auflachen. Ich nahm es ihm nicht übel, schließlich war es meine Idee gewesen, ihn auf diese Art zu wecken.

Außerdem musste ich gleich wieder runter, um mit unseren Eltern zu frühstücken.

»Du lachst, Kleines?«, flüsterte Jason mir plötzlich wesentlich wacher ins Ohr.

»Weil du ganz klischeehaft nach dem Orgasmus einschläfst, während ich hier verglühe«, raunte ich ihm belustigt zu.

»Du verglühst also«, seine Stimme klang nachdenklich.

»Es hat dich also angemacht, meinen Schwanz zu lutschen und …«, er zögerte, und ich hätte schwören können, dass Jason etwas unsicher war. Ein kleiner frecher Schmetterling flatterte durch meinen Bauch, bei dem Gedanken, dass auch mein großer und starker Stiefbruder seine schwachen Seiten hatte.

»Ja, es hat mich angemacht, deinen Schwanz zu lutschen, dich zu schmecken und dabei deinen Hintern zu massieren«, beendete ich seine Ausführung und ersparte ihm damit, auszusprechen, dass der Anus auch bei Männern eine sehr erogene Zone sein konnte. Ich spürte, wie Jason sich hinter mir bewegte und seinen Arm über meine Hüfte schob. Nur Sekunden später wanderte seine Hand in meinen Hosenbund und fand den Weg in meine feuchte Unterwäsche.

»Du hast nicht zu viel versprochen. So nass ...«, brummte er in mein Ohr, während er in der Enge meiner Hose seine Finger durch meine Falten gleiten ließ. Leise stöhnte ich auf.

»Dann wollen wir mal dafür sorgen, dass sich dein Bild von der Männerwelt wieder etwas verbessert.«

Sanft ließ er seine von meinem Lustsaft feuchten Finger über meine Perle kreisen. Er bewegte sich hinter mir, verlagerte sein Gewicht, und einen Augenblick später schob sich sein zweiter Arm unter mich. Er umschlang mich und ließ die freie Hand nach oben gleiten. Diese legte sich auf meinen Mund, während sein Unterarm zwischen meinen Brüsten seinen Platz fand. Ein kurzer Ruck seines muskulösen Arms und ich wurde gegen seinen breiten Brustkorb gepinnt, unfähig mich zu rühren.

»Ich lass dich nicht gehen, Schwesterchen, bis du gegen meine Hand stöhnend gekommen bist! Aber nicht, dass unsere Eltern hochkommen, um nach uns zu sehen. Du solltest dir nicht zu viel Zeit lassen ...«

Dieser Mistkerl vermutete genau richtig, dass die Angst davor, erwischt zu werden, mich anmachte. Weitere Feuchtigkeit schwappte gegen seine strei-chelnden Finger.

Probeweise versuchte ich, mich aus seinem Griff zu winden, doch ich hatte keine Chance. Ich war wie in einem Schraubstock gefangen, und sein Arm reichte vollkommen aus, um mich an Ort und Stelle zu halten. Ich knurrte gegen seine Handfläche, zappelte, während er die Hitze zwischen meinen Beinen weiter schürte.

»Tztztz – wie ungezogen. Du sollst doch nicht so zappeln, wenn ich dir doch nur etwas Gutes tun möchte«, tadelte er mich. »Sonst denke ich noch, du willst das nicht ...«

Sein leises Lachen drang an mein Ohr. Wir wussten beide, dass ich das hier wollte, wie die Luft zum Atmen.

Ich spürte, wie er die Position seiner Hand in meiner Hose veränderte und meine Perle zwischen zwei Finger nahm. Der intensive Druck, als er seine Finger zusammenpresste und meinen Nervenknoten gnadenlos dazwischen rollte, ließ mich aufkeuchen und mein Becken ganz automatisch gegen seinen wieder harten Schwanz wetzen. Der Druck war so intensiv, dass Lust und Schmerz sich küssten. Keuchend hechelte ich gegen seine Hand, spürte, wie die Lust sich vervielfältigte.

Dann war es plötzlich wieder vorbei. Sanft wie eine Feder strich Jason durch meine feuchten Falten, und vor Frustration hatte ich spontane Mordgedanken. Seine Finger waren kaum noch zu spüren, während ich das Gefühl hatte, mein Unterleib verbrenne, vor unbefriedigter Lust. Wütend zappelte ich erneut in seinen Armen, doch sein Griff hielt mich unnachgiebig an Ort und Stelle.

Verdammter, Basta…

»Brauchst du wieder mehr?«, raunte er ganz nah an meinem Ohr, während er seine Finger erneut auf meine Perle legte und den Druck schnell erhöhte. Fester darüber strich, bis ich die harte Reibung kaum noch ertragen konnte. Ich keuchte an seiner Hand, während ich vor Verlangen nach einem schnellen, harten Orgasmus verglühte. Der unnachgiebige Reiz an meiner Perle stieg immer weiter an, bis ich instinktiv versuchte, ihm meinen Unterleib zu entziehen. Vergeblich. Jason kannte keine Gnade. Rieb weiter, bis ich kehlig gegen seine Hand keuchte. Ohne Erbarmen bearbeitete er meine Perle – hart und streng, bis alles in mir zuckte und ich vor Lust nur noch gegen seine Hand hecheln konnte. Plötzlich kam auch Bewegung in den zweiten Arm. Die Hand an meinem Mund schob sich minimal nach oben. Der Druck auf meinen Lippen nahm zu, und bevor ich verstand, was passierte, hielt er mir die Nase zu. Keine Luft gelangte mehr in meine Lungen.

Vor Überraschung wurde mein Kopf ganz leer.

Weiter rieb mein Stiefbruder den geschwollenen Nervenknoten, gönnte mir einige hektische Atemzüge, bevor er Mund und Nase wieder verschloss.

Rieb weiter, ohne innezuhalten, meine Perle.

Meine Welt reduzierte sich.

Luft.

Lust.

»Lass los, Schwesterchen«, sein Flüstern war so leise wie verführerisch.

Und ich konnte nicht anders, als ihm zu gehorchen. Ließ alle Gedanken gehen, die über meine Grundbedürfnisse hinaus gingen.

Luft.

Lust.

Erlösende Blitze zuckten fast schmerzhaft durch meinen Unterleib.

Meine Welt versank, und ich explodierte zuckend, von einem heftigen Orgasmus erschüttert, in seinen Armen.

Kapitel 3

Jason hatte an diesem Morgen auf das Frühstück verzichtet, worüber ich insgeheim ziemlich erleichtert war. Überwiegend, weil ich mir aktuell selbst nicht über den Weg traute. Erst recht nicht, nachdem der malträtierte Nervenknoten zwischen meinen Beinen noch eine ganze Weile wie Kohle geglüht hatte und mich bei jeder Bewegung an den heftigen Orgasmus erinnerte. Wäre mein Stiefbruder mir gegenüber gesessen, hätte ich mit Sicherheit nicht verbergen können, dass ich ihn am liebsten ins nächste Bett geschleppt hätte. Meine Mutter war nicht dumm und erst recht nicht blind. Sie kannte mich zu gut, und ich musste entsprechend extrem aufpassen, wie ich mich verhielt. Gerade wenn ich ihr etwas verheimlichen wollte, hatte sie ein ziemlich empfindliches Gespür.

Bis heute erinnerte ich mich mit Grauen daran, wie sie mir auf die Schliche gekommen war, als ich mich in meinen Nachhilfelehrer verliebt hatte. Das darauf folgende, wie sie es nannte ›klärende Gespräch‹, war mir so peinlich gewesen, dass ich am liebsten umgehend das Weite gesucht hätte. Würde sie so ein Gespräch heute mit mir führen, würde ich vermutlich einfach tot umfallen. Eine Gänsehaut lief mir bei dem Gedanken den Rücken hinunter, und ich klammerte mich krampfhaft an meinen Kaffee fest, um mich nicht wie ein nasser Hund zu schütteln, um das unangenehme Gefühl schnellstmöglich loszuwerden. Die Vorstellung rigoros zur Seite schiebend, nahm ich einen weiteren Schluck des heißen Gebräus und bemerkte, wie meine Mundwinkel schon wieder den Weg nach oben fanden. Jason war heute Morgen wirklich zum Anbeißen gewesen. Der Gedanke an meinen nackten Stiefbruder und seinen Geschmack auf meiner Zunge sorgte augenblicklich für neue, aufdringliche Schmetterlinge in meinem Bauch. Es war nicht ganz von der Hand zu weisen, dass ich derzeit auf dem emotionalen Stand meines sechzehnjährigen Ichs angekommen war. In diesem Alter konnte ich mich auch nicht zwischen himmelhoch jauchzend und zu Tode betrübt entscheiden.

Ein weiterer Schluck aus meiner Kaffeetasse glitt mir die Kehle hinunter und ein Biss des Rühreis folgte. Doch meine emotionale Achterbahn wäre nicht vollständig, wenn nicht auf das Hoch wieder unangenehme Gedanken folgen würden.

Es fiel mir gerade ziemlich schwer, mich selbst zu ertragen, und wütend spießte ich ein Stück Rührei auf.

Egal wie viel Schmetterlinge in meinem Bauch Kamikazeflüge veranstalteten, wir waren Stiefgeschwister.

In jeder Sekunde, die ich aktuell mit meiner Familie verbrachte, stieg das Risiko, dass meine Mutter etwas bemerken würde. Ein kurzer Blick zu ihr verriet mir, dass sie gerade nichtsahnend die Zeitung auf ihrem Tablet las und damit kein Risiko bestand, dass ich unter ihrer strengen Musterung weinend zusammenbrechen würde.

Aber wenn es doch irgendwann dazu käme?

Wie würde sie es aufnehmen? Und David?

Wären sie entsetzt? Angeekelt?

Das letzte Stück Ei blieb bei dem Gedanken wie ein Kaugummi in meiner Kehle kleben, und ich musste mich mehrfach räuspern, bis es sich gnädigerweise wieder auf den Weg in Richtung Magen machte.

Natürlich, Evy, meine Mitbewohnerin, hatte bestimmt eine Million Male gesagt, dass am Ende alles gut werden würde und dabei mit dem Kopf genickt, bis die roten Locken gewippt hatten. Aber sie steckte auch nicht in dieser vertrackten Situation.

Wo sollte das mit Jason und mir nur hinführen?

Wir wohnten Stunden auseinander. Er hatte einen festen Job, und ich steckte mitten im Studium. Und wie ernst war ihm die Sache wirklich?

Wäre er bereit, alles in seinem Leben zu ändern?

War ich dazu bereit?

Ach verdammt, ich wurde noch wahnsinnig!

Wieder fand die Kaffeetasse den Weg zu meinem Mund, um den Knoten in meinem Hals hoffentlich wegzuspülen.

»Geht's dir gut, Schatz?«, sprach meine Mutter mich genau in diesem Moment an, und ich zuckte sichtlich ertappt zusammen, während ich mich natürlich wie eine Idiotin verschluckte.

Hustend rang ich nach Luft, während der Kaffee in meiner Lunge wie heiße Asche kratzte. Nach Luft ringend schaffte ich es jedoch, meiner Mutter zuzunicken und abzuwinken.

»Ja klar, Mama, alles gut«, röchelte ich zwischen zwei rasselnden Atemzügen mit glühendem Gesicht.

»Du bist heute irgendwie seltsam.« Ihr prüfender Blick betrachtete mich eingehend, und weitere Hitze kroch über meine Haut. Bevor ich etwas dagegen tun konnte, war sie bereits aufgestanden und legte ihre Hand auf meine Stirn. Nur mit Mühe konnte ich mich davon abhalten, ihren kühlen Fingern auszuweichen, doch das wäre eindeutig noch verdächtiger gewesen.

»Nicht, dass du mir krank wirst«, sagte sie mit nachdenklicher Stimme, was mich erleichtert aufatmen ließ. Besser, sie dachte, ich würde krank, als dass sie der Wahrheit zu nahe käme.

Möglichst nichtssagend zuckte ich mit den Schultern, da ich sie trotz allem nicht direkt anlügen wollte. Jedoch war ihr Mütter-Spinnensinn anscheinend noch nicht vollständig beruhigt. Weiter lag ihr prüfender Blick auf mir, und mit einem ängstlichen Flattern im Bauch sah ich zu, wie ihre Stirn sich in Falten legte. Ich konnte förmlich sehen, wie sich die Rädchen in ihrem Kopf bewegten.

»Schon gut, Mama, wir backen gleich, und dann geht es mir bestimmt besser«, versuchte ich verzweifelt das Thema zu wechseln und ihrem Inquisitorenblick zu entkommen. Noch einmal musterte sie mich von oben bis unten, bis sie schließlich endlich erbarmen zeigte und mich vom Haken ließ.

»Gut, aber danach legst du dich etwas hin«, bestimmte sie und erhielt prompt von ihrem Mann Unterstützung, der bis dahin schweigend unseren Austausch beobachtet hatte.

»Ja, Mel, nicht, dass du morgen nicht zu den Oster-feuern kannst«, verlieh er seiner Sorge Ausdruck, und aufatmend stimmte ich nickend zu.

Bereits eine halbe Stunde später ging es mir tatsäch-lich schon deutlich besser. Endlich fühlte es sich zwi-schen meinen Beinen nicht mehr so an, als sollte ich mir Eiswürfel in die Unterwäsche schieben, was mir das Denken erheblich erleichterte. Zudem hatte meine Mutter sich auch wieder sichtlich entspannt und maß mich nicht mehr ständig mit prüfenden Bli-cken, als wäre ich ein Wollknäuel, das es zu entwirren galt.

Natürlich beschäftigte mich Jasons und meine Situ-ation noch immer. Trotzdem könnte ich das ganze Thema auch erfolglos zu Tode denken. Es gab so viele unbekannte Variablen, dass ich mich damit nur selbst in den Wahnsinn treiben würde. Da leckte ich ein-deutig lieber Teigreste vom Schneebesen, während meine Mutter den Teig in die Osterlamm-Formen goss. Für manche Dinge war man einfach nie zu alt.

Natürlich wählte mein lieber Stiefbruder genau diesen Zeitpunkt, um die Küche zu betreten und meine sich eben erst beruhigende Welt wieder ins Wanken zu bringen.

»Guten Morgen, ihr zwei«, begrüßte er uns und drückte meiner Mutter einen Kuss auf die Wange, bevor er mir den Schneebesen klaute.

»Guten Morgen ist gut, es ist fast zwei«, entgegnete meine Mutter lachend mit einem Blick auf Jason. Dann reichte sie mir wortlos die Rührschüssel mit den Teigresten, die ich grinsend entgegennahm. Mit dem Teigschaber kratzte ich die Überbleibsel zusammen und steckte sie mir genüsslich in den Mund. Ich musste nicht direkt hinsehen, um zu wissen, dass Jasons Blick auf meinen Mund geheftet war, während ich die süße Masse vom Gummi des Schabers leckte. Aus den Augenwinkeln verfolgte ich jede seiner Bewegungen. Als meine Mutter uns schließlich den Rücken zuwandte, um die Formen in den Ofen zu schieben, drehte ich mich demonstrativ zu ihm um und sah ihm grinsend ins Gesicht. Genüsslich leckte ich erneut über den Stiel bis zur Spitze des Teigschabers, genau wissend, was für Erinnerungen das bei ihm auslösen würde.

Seine Augen verengten sich und eine Mischung aus Lust und Mordgedanken beherrschte seine Miene. Wir wussten beide, dass er sich dafür rächen würde, und ich freute mich darauf.

»Ich muss noch was einkaufen, brauchst du auch noch was, Monika?« Seine Stimme klang kratzig, was mich unweigerlich noch breiter grinsen ließ. Sein Kiefer spannte sich an, als er es bemerkte, und es kostete ihn offensichtlich einige Anstrengung, seinen Blick von mir loszureißen. Schließlich schaffte er es jedoch und wendete sich meiner Mutter zu, um ihre Antwort entgegenzunehmen. Während mein Grinsen fast meine Ohren erreichte, schüttelte meine Mutter lediglich den Kopf. »Nein, Großer, ich hab' alles, aber danke dir«, ihre Stimme klang wie immer, aber da war es schon wieder, dieses angedeutete Stirnrunzeln. Meine Heiterkeit verschwand augenblicklich, und ich widmete mich hochkonzentriert den Teigresten in meiner Schüssel.

Wenige Minuten später hörte ich die Tür ins Schloss fallen, und ich fragte mich unweigerlich, was Jason plötzlich so dringend kaufen musste.

Träge blinzelte ich gegen das Deckenlicht, mit dem Jason mich gerade aus meinem Mittagsnickerchen gerissen hatte. Zwar hatte ich eigentlich gar nicht schlafen wollen, doch nach der gestrigen Nacht waren mir nur allzu schnell die Augen zugefallen, und ich war in süße Träume versunken.

»Aufwachen, Schwesterchen, Mama schickt mich und bittet um dein Erscheinen.«

Mein Stiefbruder überschüttete mich förmlich mit seiner guten Laune, während er die Tür hinter sich ins Schloss fallen ließ. Frustriert stöhnte ich auf, nur um ihm anschließend einige nicht jugendfreie Schimpfworte entgegenzunuscheln. Leise lachend nahm er es zur Kenntnis, ohne sich davon ihm Geringsten stören zu lassen. Erfahrungsgemäß war ihm vollkommen bewusst, wie sehr er mir mit seinem Verhalten auf die Nerven ging, es war ihm nur einfach vollkommen egal. Vielmehr genoss er es sogar in vollen Zügen, dass ich ihm gerade aus tiefster Seele einen Dauerständer ohne Erlösung an den Hals wünschte.

Immer noch so gut gelaunt, wie ein Bär, der aus dem Winterschlaf geweckt wurde, funkelte ich Jason mit vor Zorn zusammengekniffenen Augen an, wohl wissend, dass meine braunen Locken vermutlich wie die Schlangen der Medusa um meinen Kopf herum abstanden und das Kissen einen unschönen Abdruck in meinem Gesicht hinterlassen hatte.

»Du bist ein Sadist, Jason. Ein viel zu gut gelaunter Sadist!«, ließ ich ihn an meiner vom Halbschlaf

160

geprägten Laune teilhaben und überlegte, ob es wohl jemand bemerken würde, wenn ich ihn heimlich im Garten vergraben würde.

»S•a•d•i•s•t«, ließ er sich das Wort genüsslich auf der Zunge zergehen. »Vielleicht«, bestätigte er bedächtig nickend und krabbelte zu mir aufs Bett, um unter meine Decke zu schlüpfen. Ich trug nicht mehr als Slip und Shirt und spürte augenblicklich die angenehme Hitze seines Körpers. Ungeachtet meines zerknautschten Äußeren küsste er zärtlich meine Lippen und strich mir ein paar Strähnen hinters Ohr. Kurz war ich versucht, nach ihm zu schnappen und ihn zu beißen, doch die kleine Zärtlichkeit besänftigte meine schlechte Laune.

»Aber weißt du, was wirklich gemein ist, Schwesterchen?«, fragte er mich und ließ seine Hand in meinen Slip gleiten. »Wenn man heiß gemacht wird, aber nichts dagegen tun kann.«

Langsam, aber mit deutlichem Druck, begann er, meinen heute schon einmal drangsalierten Kitzler zu reiben. Keuchend schob ich ihm mein Becken entgegen, während er kleine Küsse auf meinem Hals verteilte. Ich wusste genau, dass er auf die Situation eben in der Küche anspielte, aber meine Reue hielt sich in Grenzen, und deswegen würde er gerade auch keine Entschuldigung von mir zu hören bekommen.

Sein Kopf wanderte tiefer, und er saugte fest meine Nippel durch den Stoff in seinen Mund, während er weiter meinen Kitzler rieb. Erst die eine Seite, dann die andere, bis beide Nippel als feste kleine Hügel durch das Shirt zu sehen waren.

»Ich brauche dich, Jason«, wimmerte ich mit sehnsüchtiger Stimme. Ob seine Finger oder sein Schwanz, war mir gerade egal, aber er brachte meinen Körper zum Glühen und machte mir klar, wie sehr ich schon wieder nach einem Orgasmus gierte.

»Wie stellst du dir das vor, Schwesterchen?«, wisperte er scheinheilig, während sein Körper weiter hinabwanderte, bis er zwischen meinen Beinen angelangt war. Seine reibenden Finger verschwanden, und sein heißer Atem strich über meine feuchte Mitte.

»Unsere Eltern warten unten, und du hättest gern, dass ich dich zum Kommen bringe?«, fragte er und ließ seine Zunge flink über meinen Lustknopf schnellen. Schnell riss ich eine Hand vor den Mund und erstickte mein Keuchen.

»Du willst, dass ich meinen Schwanz in dich schiebe, dich bis zum Anschlag ausfülle …«

Ein weiterer Zungenschlag folgte.

»Ja, bitte, genau das will ich«, flüsterte ich heiser gegen meine Hand, nur um diese anschließend wieder fest gegen meine Lippen zu pressen.

162

»Tztztz, Schwesterchen, das geht aber nicht.«

Zwei seiner Finger glitten in mich, und meine Zehen rollten sich vor Lust zusammen, als er sich in mir bewegte.

»Sie sind wach und werden uns hören«, raunte er weiter.

Mein ersticktes Keuchen presste sich an meiner Hand vorbei, während er immer wieder hinein- und herausglitt. Wieder leckte seine Zunge feucht und mit Druck über meine Perle, und ich spannte mich fest um seine Finger an.

»Bitte, Brüderchen, bitte!«, bettelte ich ihn an, vollkommen jenseits jeder Logik und nur bedürftig danach, gefüllt zu werden. Zu meinem Entsetzen richtete sich Jason jedoch über mir auf und zog seine Finger aus mir zurück.

»Nein, Schwesterchen, da kannst du noch so verführerisch betteln! Ich habe etwas anderes im Sinn.«

Sein Blick ruhte auf mir, wie der eines Raubtiers. Jede meiner Reaktionen in sich aufsaugend und sich daran labend. In diesem Moment wurde mir endgültig klar, dass er nicht vorhatte, das hier zu beenden. Während ich ihm fassungslos ins Gesicht sah und seine Worte im Geiste wiederholte, ob ich ihn vielleicht missverstanden hätte, hörte ich ein leises Schnappen. Etwas Kaltes tropfte auf meinen Kitzler, wurde aber augenblicklich warm und dann heiß. Es tat fast weh, so intensiv war es, und gerade deswegen entkam mir ein lustvolles Stöhnen.

»Fuck«, keuchte ich, während mein Kitzler in Flammen aufging.

»Eine Stimulationscreme«, ließ Jason mich wissen, während er sich zügig vom Bett schob, ohne mich auch nur eine Sekunde aus den Augen zu lassen.

»Nicht abwaschen, Kleines. Wir sehen uns gleich unten beim Eierfärben.«

Bevor seine Worte ganz in meinem vor Lust und Schläfrigkeit benebelten Verstand gedrungen waren, fiel die Tür bereits hinter ihm ins Schloss, und ich war zu meinem Entsetzen allein mit meinem glühenden Lustknopf.

Verdammte Scheiße, ich sollte ihn wirklich einfach im Garten vergraben!

Es war die Hölle gewesen. Wir hatten über zwei Stunden mit heißen Eiern hantiert, sie gefärbt und bemalt. Und während wir zu viert unserer Familientradition frönten, zerschmolz ich in meinem Höschen – und Jason wusste es!

Ich war noch nie ein geduldiger Mensch gewesen, aber die letzten Stunden hatten mich weit über meine bisherigen Grenzen hinaus beansprucht. Wenigstens war es in dem Raum so warm, dass es weder meiner Mutter noch David auffiel, dass ich in Flammen stand. Ich kochte innerlich - teilweise aus Lust, teilweise aus Wut auf Jason, weil er mir das antat und dabei ganz offensichtlich seinen Spaß hatte. Zwei Mal hatte er mir aufgelauert. Ohne mir eine Chance zu geben, hatte er mich einmal im Flur und einmal auf der Treppe an die Wand gepresst und seine Hand in meine Hose geschoben. Ein neuer Klecks Creme fand den Weg auf meinen Kitzler, während meine Blicke ihn ermordeten und mein Nervenknoten augenblicklich aufs Neue lichterloh in Flammen aufging.

Innerlich plante ich während dieser Stunden meine Rache, zischte ihm in unbeobachteten Momenten Beschimpfungen zu, hielt ihn aber trotz allem nicht auf, weil ein Teil von mir, auf völlig verdrehte Weise, genoss, was er mit mir tat. Denn obwohl er mich quälte und an meine Grenzen brachte, erregte mich dieses Spiel ungemein. Also hielt ich eisern durch, auch wenn ich mir währenddessen unzählige Male überlegte, einfach im Bad zu verschwinden, um meinem Leid auf die eine oder andere Art ein Ende zu setzen.

Als meine Mutter schließlich ihre Schürze an den Haken hängte und David ihrem Beispiel folgte, konnte ich trotzdem das leise, erleichterte Seufzen nicht ganz unterdrücken. Jason, der etwas hinter ihnen stand, sah mich amüsiert an, doch bevor ich ihm ein weiteres Mal den Tod wünschen konnte, formten seine Lippen stumme Worte, die mich innerlich besänftigten: »Ich bin stolz auf dich.«

Ich hätte nicht gedacht, dass mir sein Lob so wichtig sein könnte, dennoch beruhigte es augenblicklich die in mir tosenden Wellen der Emotionen.

Während meine Mutter sich noch kurz die Hände wusch, behielt Jason die Schürze, die um seine Hüfte geschlungen war, weiterhin an. Ich musste keine Hellseherin sein, um zu erraten, warum. Der Stoff verbarg nämlich geschickt seine verräterische Körpermitte, die er bei mehr als einer Gelegenheit heute an meinem Hintern gerieben hatte.

Es war lediglich sehr viel Glück und den warmen Temperaturen in der Küche zuzuschreiben, dass unsere Eltern nichts davon mitbekommen hatten, dass wir am liebsten übereinander hergefallen wären.

Ich wusste, wie leichtsinnig wir uns verhielten. Trotzdem konnten wir wohl beide nichts dagegen tun, dass unser ganzes Denken sich nur noch darum

drehte, wann wir das nächste Mal übereinander her-
fallen konnten.

Um dem Blick unserer Eltern auch weiterhin auszuweichen, begann ich die Arbeitsfläche aufzuräumen.
Gleich konnte ich in mein Zimmer gehen und mir
endlich Erleichterung verschaffen. Mich endlich unter
die Dusche stellen und vielleicht …

»Ich geh noch kurz duschen, und wir müssen uns
noch umziehen. Würdest du uns dann in etwa einer
halben Stunde fahren, Jason?«, unterbrach meine
Mutter meine Fantasien von einer ausgiebigen
Dusche, und ich verharrte mitten in der Bewegung.

»Ich müsste auch noch kurz duschen. Ich geh dann
oben bei einem von euch ins Bad«, mischte sich mein
Stiefvater ein und machte sich bereits auf den Weg
zur Tür, ohne Jasons Antwort abzuwarten.

»Nimm mein Bad, Dad, sonst riechst du nachher
noch nach Pfirsich«, rief Jason ihm hinterher und ern-
tete ein Lachen. Alle wussten, dass Shampoo und
Duschgel bei mir seit Jahren nach Pfirsich rochen,
weil ich den Duft liebte, was immer wieder Anlass
zum Spott bot.

»Wo geht ihr denn hin?«, fragte ich meine Mutter, die
mich daraufhin überrascht ansah.

»Hat Jason dir nicht gesagt, dass wir heute Abend
zum Essen bei Anja und Claus sind? Er hat angebo-

ten, uns zu fahren, damit wir auch etwas trinken können«, erklärte sie mir. Mein Blick huschte kurz zu Jason.

Dieser Mistkerl!

»Vielleicht hab ich es eben, als er mich geweckt hat, einfach nicht mitbekommen«, nahm ich ihn in Schutz, auch wenn wir beide wussten, dass er nichts gesagt hatte.

»Ich geh dann auch mal duschen, wenn David Jasons Bad in Beschlag nimmt. Ich bin total verschwitzt«, versuchte ich der Situation zu entkommen, da ich schon wieder das Gefühl hatte, das meine Mutter mich mit ihrem Mütterblick scannte. Aber mein Stiefbruder hatte keineswegs die Absicht, mich gehen zu lassen.

»Und ich darf die Küche alleine aufräumen?«, schaltete er sich ein, und ich konnte nur mit Mühe einen frustrierten Aufschrei unterdrücken. Finster blickte ich ihn an, während seine Mundwinkel wieder verräterisch zuckten und Erheiterung in seinen Augen blitzte.

Zähneknirschend wendete ich mich der Küchenzeile zu, während ich im Geiste eine Einkaufsliste im Baumarkt zusammenstellte und überlegte, wie groß das Loch im Garten sein müsste, um ihn darin verschwinden zu lassen.

Endlich verließ meine Mutter den Raum, und meine Schultern entspannten sich etwas.

»Du bist ein Bastard, und du weißt es!«, fauchte ich ihn leise an, während ich wütend Eierfarbe von der Arbeitsplatte schrubbte. Sein leises Lachen erklang hinter mir, und wütend rubbelte ich noch stärker an dem verdammten Klecks, der sich mit Jason gegen mich verschworen zu haben schien.

Mein Stiefbruder trat hinter mich, und seine Hände legten sich schwer auf meine Hüften. Sanft zog er mich an sich, und deutlich spürte ich seinen steifen Schwanz unter der Schürze, was meine ohnehin glühende Perle nur noch weiter anheizte.

»Ganz ruhig, Schwesterchen, du schrubbst sonst noch die Arbeitsplatte durch«, raunte er mir zu, während ich deutlich spürte, wie er sein Becken gegen meinen unteren Rücken rieb.

»Jason, bevor ich es vergesse …«, erklang in diesem Moment die Stimme meiner Mutter, und mein Herz stolperte vor Schreck in meiner Brust. Schnell griff Jason über mich hinweg und holte ein Glas aus dem Schrank über mir. Vermeintlich gelassen drehte er sich anschließend zu meiner Mutter um, und ich beneidete ihn darum, dass er seine Emotionen so gut unter Kontrolle hatte.

Heftig schrubbte ich weiter, ohne den Kopf zu heben.

Wie konnte er auch so leichtsinnig sein? Wollte er erwischt werden?

Und trotz allem ahnte ich, dass diese Gefahr ihn genauso anheizte wie mich.

»Ja?«, als könnte er kein Wässerchen trüben, antwortete Jason meiner Mutter, während mein Herzschlag in meinen Ohren dröhnte. Mit angehaltenem Atem wartete ich darauf, dass sie etwas sagen würde.

Hatte sie etwas bemerkt?

Endlich antwortete sie, und ich atmete erleichtert auf, weil sie sich vollkommen normal anhörte.

»Es ist besser, wenn wir morgen mit zwei Autos zu den Osterfeuern fahren. Wir wollen hinterher noch ein paar Osterkörbchen verteilen, und da müsst ihr nun wirklich nicht mit.«

Ein zustimmender Laut kam von Jason, bevor er sich gelassen umdrehte und Wasser in das Glas einschenkte. Wieder verließ meine Mutter die Küche, und ich stieß heftig den Atem aus.

Bevor diese verdammten Feiertage vorbei waren, würde ich mit Sicherheit einen Herzinfarkt bekommen!

Kapitel 4

Die Haustür fiel krachend ins Schloss, und bereits einen Wimpernschlag später hörte ich Jasons schwere Schritte die Treppe hochstürmen.

Lächelnd nahm ich seine Eile zur Kenntnis. Ich hatte die letzte halbe Stunde genutzt, während er unsere Eltern zu ihren Freunden gefahren hatte. Der unschuldig weiße BH samt Strapsgürtel und weißen Feinstrümpfen mit Spitzenrand bedeckte nur das Nötigste. Weiße Hasenöhrchen waren mit einem Haarreif auf meinem Kopf befestigt, und das kurze, weiße Stummelschwänzchen saß, fest mit dem Analplug verbunden, gut sichtbar zwischen meinen Arschbacken. Ich hatte die Sachen gekauft, bevor ich hergefahren war, nicht einmal sicher, ob sie zum Einsatz kommen würden. Die Kombination war ein

Ergebnis der Shopping-Sessions mit Evy, um mich aufzuheitern, und ich hatte mehrfach mit mir gerungen, ob ich die Sachen wirklich mitnehmen sollte. Nun freute ich mich umso mehr auf das Gesicht meines Stiefbruders bei meinem Anblick.

Als Sinnbild des verruchten Häschens kniete ich auf dem Bett, das Gesicht mit einem Schulterblick der Tür zugewandt, darauf wartend, dass es dem Herrn beliebte, zu erscheinen. Die anhaltende Ungeduld schabte über meine Nerven wie Kreide über eine Tafel.

Trotz der ausgiebigen Dusche glühte meine Perle noch immer, und meine Frustration sprengte sämtliche meiner Skalen. Aber wenigstens gab es jetzt die Aussicht darauf, etwas davon loszuwerden, auch wenn ich nicht die Absicht hatte, es meinem Stiefbruder allzu leicht zu machen.

Unruhig wetzte ich meinen halbnackten Unterleib über die Decke und schob mir damit den Plug etwas tiefer in den Hintern. Ich war schon seit Stunden so geil, dass es reine Selbstbeherrschung gewesen war, mir nicht selbst Erlösung zu verschaffen. Aber ich hatte gewartet und mir lediglich etwas Vergnügen bereitet, als ich den Analplug langsam in meinen Hintern geschoben hatte. Selten war mir etwas so schwer gefallen, wie mir in diesem Augenblick keinen schnellen Orgasmus zu verschaffen. Insgeheim war ich ziemlich stolz darauf, dass ich durchgehalten hatte, obwohl meine Geduld nur an einem seidenen Faden hing.

Minuten verstrichen, und ich merkte, wie meine Finger sich, wie die Krallen einer wütenden Katze, immer wieder in die Bettdecke versenkten.

Ich hatte ihn doch gehört. Wo blieb er verdammt nochmal?

Erneut erklangen Schritte, und endlich öffnete sich die Tür. Im gleichen Moment schlug meine Anspannung vollständig in Vorfreude um.

Jason kam groß und breit durch den Türrahmen und verharrte mitten in der Bewegung. Ich konnte dabei zusehen, wie er meinen Anblick in sich aufsog und seine Pupillen sich vor Gier weiteten, bis seine Augen fast schwarz wirkten. Der Blick eines Raubtiers tastete mich ab und schickte eine angenehme Welle von Adrenalin durch meinen Körper. Er hatte ein anderes Shirt an, und da auf dem Stoff Wasserspritzer zu sehen waren, ging ich davon aus, dass er mich hatte warten lassen, um sich noch einmal zu waschen und umzuziehen. Sein ganzer Körper stand unter Spannung, und sein Blick verriet mehr als jedes Wort, dass er das Häschen jagen und erbeuten wollte. Flink sprang ich vom Bett, mehr als bereit, mich auf dieses Spiel einzulassen.

»Was für ein süßes Schwänzchen«, hörte ich ihn mit knarzender Stimme flüstern, bevor er mir auch schon wie ein riesiges Raubtier nachstellte. Mit einem Satz hechtete er über das Bett und versuchte, mich zu greifen. Doch ich war schneller, wich seiner Hand aus, und lauschte dem Geräusch seines auf dem Boden aufprallenden Körpers hinter mir. Es verschaffte mir eine angenehme Art von Befriedigung, dass er mich verfehlt hatte, während ich bereits in langen Sätzen das Zimmer durchquerte.

Bevor er wieder auf den Beinen war, rannte ich bereits durch die Tür. Meine Hände prallten mit Schwung an die gegenüberliegende Flurwand, und mit einem wilden Grinsen auf den Lippen stieß ich mich von dieser ab. Rannte mit wippenden Öhrchen den Flur entlang und setzte meine Flucht die Treppe hinunter fort.

Ein befreites Lachen löste sich aus meiner Kehle, das von einem tiefen Knurren hinter mir beantwortet wurde. Jasons polternde Schritte auf den oberen Stufen und sein schwerer Atem drangen deutlich an mein Ohr. Es war klar, dass er mit seinen langen Beinen bereits wieder aufholte, was mich zu Höchstleistungen anspornte. Um etwas Boden gutzumachen, übersprang ich die letzten Stufen und hechtete ins Wohnzimmer, nur um dort, auf den glatten Strümpfen, durch den halben Raum zu schlittern. Es kostete mich ein wenig Zeit, das Gleichgewicht wiederzufinden und die Couch zu umrunden, bevor ich den nächsten Raum ansteuern konnte.

Wild rauschte das Blut in meinen Ohren und mein Atem kam stoßweise. Adrenalin flutete meinen Körper, und ich genoss es, zusammen mit der Reibung des Plugs in meinem Hintern, in vollen Zügen.

Der Durchgang zum Esszimmer kam immer näher, als ich aus den Augenwinkeln eine Bewegung wahrnahm. Ein großer Schatten hechtete über die Couch, an mir vorbei und schnitt mir den Weg ab. Quietschend versuchte ich auszuweichen, als Jasons starke Arme mich bereits einfingen und von den Füßen rissen. Meine Kehrseite wurde gegen ihn gepresst und der Plug bohrte sich tief in mich. Stöhnend löste sich die Luft aus meinen Lungen und meine Mitte pochte aufgeregt.

»Hab dich, Häschen«, raunte er keuchend in mein Ohr, während er mich vorwärts schob. Grob presste er mich, Brust voran, gegen die Wand, fixierte mich dort mit nur einer Hand in den Haaren, während die zweite begann, gierig meine Kehrseite zu streicheln und dabei die Finger besitzergreifend unter die Strapshalter gleiten zu lassen.

»Dachtest du, du könntest mir entkommen, Kleines?«, knurrte er dicht an meinem Ohr, und ein strafender Klaps auf das nackte Fleisch meines Hinterns folgte. Der Plug in mir erzitterte, und meine Mitte krampfte sich erregt zusammen. Statt mich jedoch jetzt meinem Jäger zu ergeben, schrie alles in mir nach dem Gegenteil und trieb mich zum Widerstand an.

Wie hunderte Male zuvor geübt, packte ich Jasons Hand, fixierte sie an meinem Kopf, tauchte nach unten ab und drehte mich dabei. Lediglich die Hasenöhrchen musste ich bei dieser Aktion unfreiwillig zurücklassen, doch das war es mir wert.

Danke, dass du mich in die unzähligen Selbstverteidigungskurse genötigt hast, Brüderchen!

Vom Schmerz überrascht, keuchte Jason auf, und sein Griff löste sich. Während er halb abgewandt von mir stand und Verblüffung sein Gesicht zeichnete, lief ich bereits erneut los. Ich meinte, ihn etwas von »Taffes Miststück« murmeln zu hören, als er mir auch schon abermals nachsetzte. Auch wenn die Worte nur undeutlich gewesen waren, so war der Stolz in seiner Stimme eindeutig nicht zu überhören, was mich lächeln ließ.

Leider gelang es mir jedoch nicht, meinen Vorsprung allzu weit auszubauen. Bereits in der Küche erwischte er mich erneut, und im vollen Lauf umschlangen mich seine Arme. Ohne die Möglichkeit, den Schwung abzubremsen, krachten wir hart gegen den Kühlschrank. Der dumpfe Knall unserer aufschlagenden Körper hallte durchs Haus, und nur das Adrenalin in meinen Adern verhinderte, dass ich vor Schmerz aufheulte.

Das würde mit Sicherheit blaue Flecken geben.

Kein Blatt passte zwischen uns, bis er seine Umklammerung löste, meine Handgelenke packte und sie mir auf den Rücken drehte. Wie eine Wilde wand ich mich in seinem Griff, trat aus und versuchte, mich zu befreien. Immer wieder stieß mein Hintern dabei gegen ihn und presste den Plug lustvoll in mich. Ich spürte, wie das zarte Gewebe eines der Seidenstrümpfe riss, als ich erneut nach hinten austrat – es hätte mir nicht gleichgültiger sein können. Wut und Lust beherrschten mich, und laut und deutlich hallte mein keuchender Atem durch die Küche.

»Und wieder hab' ich dich, Häschen«, raunte er mir zu, während er den Augenblick nutzte, seinen Oberschenkel gegen meinen Hintern zu pressen. Ein

Stöhnen kam über meine Lippen, und meine auslaufende Spalte zuckte.

Meine Schultern brannten unangenehm aufgrund der Haltung meiner nach hinten fixierten Arme. Trotzdem bog ich den Rücken durch, um den Druck auf meinen Hintern weiter zu erhöhen. Schmerz flammte auf, als sich in dieser Position der obere Rand des Strapsgürtels in die Haut meiner Hüfte grub.

Verdammt, selbst das fühlte sich gut an!

Jason schob grob meine Unterarme zusammen, bis er mich mit nur einer seiner großen Hände fixieren konnte, nur um dann von mir abzurücken. Das mir bereits bekannte metallische Klacken der Gürtelschnalle erklang.

Anscheinend hatte er in der letzten Nacht Gefallen daran gefunden, mich mit seinem Gürtel zu fixieren, und der Gedanke daran ließ einen Schwall Feuchtigkeit an meinen Oberschenkeln herabrinnen.

Das Geräusch des Gurts, als er aus den Laschen gezogen wurde, motivierte mich zu weiterer Gegenwehr, aber Jasons Griff blieb unnachgiebig. Nur wenige Sekunden später hatte er meine Unterarme mit dem Gürtel auf dem Rücken fixiert.

»Du Mistkerl«, fauchte ich ihn an, während ich mich gleichzeitig wieder an ihm rieb.

»Du wirst gleich herausfinden, was für ein Mistkerl ich bin«, kam die gepresste Antwort, die deutlich machte, wie sehr er mit seiner Selbstbeherrschung kämpfen musste. Er rückte ein Stück von mir ab und griff erneut in meine Haare. Seine Finger gruben sich tief in meine braunen Wellen, und es ziepte schmerzhaft. Fauchend wand ich mich in seinem Griff, was das Schmerzniveau deutlich erhöhte und mich weiter zum Auslaufen brachte.

»Böses Häschen.«

Seine freie Hand klatschte strafend auf meinen Hintern und brachte die Haut zum Glühen. Genussvoll keuchte ich auf und wand mich heftiger in seinem Griff, während ich spürte, wie sich unter der groben Behandlung eines der Strapsbänder löste.

»Wie bekomme ich das wilde Häschen nur gezähmt?«, raunte seine raue Stimme dicht an meiner Ohrmuschel, während seine Hand über die brennende Haut meiner Kehrseite strich.

»Vielleicht hilft das ja?«

Seine freie Hand glitt tiefer, drückte meine Schenkel auseinander und griff mir von hinten zwischen die Beine. Sanft tauchte er einen Finger in meine bedürftige Mitte, während sein Handballen gegen den Plug drückte.

»Du bist so herrlich feucht, Schwesterchen«, raunte er, die Stimme rau vor Gier.

Langsam bewegte er sich in mir. Wimmernd presste ich mich ihm entgegen und spürte seinen großen, trainierten Körper hinter mir, wie eine massive Mauer.

Doch es reichte nicht. Obwohl ich endlich etwas in mir spürte, war es dennoch einfach von allem zu wenig, um meine Lust zu stillen. Zu wenig Finger, zu wenig Geschwindigkeit, zu wenig Schmerz.

Er versuchte nicht, mich zu besänftigen – mit diesen sanften Liebkosungen bestrafte er mich!

Ein frustrierter Laut löste sich aus meiner Kehle, während ich versuchte, mich ihm entgegenzuschieben. Sein leises Lachen quittierte meine Bemühungen und ließ mich frustriert aufschreien.

»Brauchst du wieder mehr, Schwesterchen?«, sprach er das Offensichtliche aus, während er sich genauso langsam weiterbewegte.

»Ja, Jason! Und das weißt du sehr genau!«, antwortete ich ihm fauchend, während meine Mitte in unlöschbaren Flammen stand. Gierig rieb ich mich an ihm, wie eine rollige Katze, nur um wenigstens den Druck auf den Plug zu erhöhen. Ein scharfer Griff in meine Haare ließ mich jedoch in der Bewegung verharren.

»Tztz, so nicht, Kleines. Bitte mich darum!«, forderte er mich auf. Wut und Trotz flammten heiß in meiner Brust auf.

Er ließ mich seit Stunden leiden und jetzt wollte er auch noch, dass ich bettelte? Mich ihm unterwarf?

Die Welle des Zorns brandete über mich hinweg.

Warum sollte ER jetzt bekommen, was er wollte?

Warum sollte ICH jetzt betteln?

»Vergiss es!«

Mein Trotz triefte aus jeder einzelnen Silbe und verriet unmissverständlich, dass ich nicht dazu bereit war.

»Ganz wie du möchtest, Kleines.«

Mit einem Ruck zog er mich vom Kühlschrank weg. Zwang mich mit roher Kraft auf die Knie und sorgte dann dafür, dass ich meinen Oberkörper nach vorne ablegte. Mein mit dem unschuldig weißen Strapsgürtel dekorierter Hintern, mit dem Schwänzchen, ragte in die Höhe wie ein Geschenk, und ich war mir ziemlich sicher, dass er sehen konnte, wie feucht meine Spalte war. Knurrend versuchte ich, mich seinem Griff zu entziehen, doch seine Hand zwischen meinen Schulterblättern pinnte mich an den Boden, als würde ein Fels auf mir liegen.

Die Kühlschranktür über mir wurde geöffnet und wieder geschlossen, und ich hörte, wie er etwas abstellte. Gerne hätte ich nachgesehen, aber es war mir einfach nicht möglich, so weit nach hinten zu sehen.

Wut brannte in meinen Adern mit Lust um die Wette. Wut darauf, dass er mich leiden ließ und es mir nicht einfach schnell und hart besorgte. Wut auf meine körperliche Hilflosigkeit in dieser Position. Wut auf mich selbst, weil ein ziemlich großer Teil von mir es in vollen Zügen genoss, was er mit mir tat.

Abermals bewegte Jason sich hinter mir; Stoff raschelte und fiel zu Boden. Er zog sich aus, ohne mich je ganz loszulassen.

»Bist du bald fertig?«, provozierte ich ihn und stemmte mich erneut erfolglos gegen seinen Griff.

Anstatt zu antworten, beugte er sich über mich, und ich sah in seine vor Gier dunklen Augen, als er meinem Gesicht ganz nah kam.

»Mund auf!«, knurrte er mich an, und ich folgte widerstrebend seiner Anweisung. Einen Augenblick später schob er mir sein Shirt zwischen die Lippen. Wir wussten beide, was das bedeutete: Er wollte mich auf die beste Art und Weise zum Schreien bringen.

Ein Teil von mir entspannte sich, und ich wurde etwas ruhiger. Er würde mir geben, was ich so dringend brauchte.

Schweigend richtete sich mein Stiefbruder wieder auf. Seine fixierende Hand verschwand von meinem Rücken, denn er wusste, dass ich ihm jetzt nicht mehr entkommen würde, solange seine volle Aufmerksamkeit auf mir lag.

»Endlich«, erklang seine vor Lust belegte Stimme, und die Mischung aus Knurren und Begehren, die daraus sprach, schickte mir einen wohligen Schauer über den Rücken. Sanft strich er mit beiden Händen über meinen hochgereckten Hintern. Er löste auch das zweite hintere Strapsband, das über meine bedürftige Kehrseite gespannt war, und liebkoste anschließend sanft die Haut. Zärtlich strich er über die brennende Stelle, wo seine Hand mein Fleisch getroffen hatte, immer darauf bedacht, das Schwänzchen nicht zu berühren.

Ein sanfter Kuss auf mein Steißbein, unterhalb des zarten Stoffs des Strapsgürtels, folgte. Ungeduldig reckte ich mich ihm entgegen. Ich war viel zu aufgekratzt, um diese Zärtlichkeit genießen zu können. Als er seine Lippen nur noch fester auf meine Haut drückte, zappelte ich unruhig und brummte ungehalten in meinen Knebel, bis er sich von mir löste. Ein scharfer Schmerz schoss von meinem Hintern zu meiner Mitte. Er hatte mir erneut einen kräftigen Klaps auf meine Kehrseite verpasst. Der Plug in mir bebte, und ich keuchte gedämpft auf. Ein weiterer Schlag folgte, der mit einem dumpfen Schrei von mir quittiert wurde. Lust überflutete mich. Dann folgten zarte Küsse auf meine brennende Haut, als wollte er das versengende Gefühl damit verschwinden lassen.

Sobald der Schmerz verklang, wurde ich jedoch erneut unruhig. Konnte die Zärtlichkeit kaum ertragen, fühlte ich mich doch unausgefüllt und voller brodelnder Hitze.

Ein weiterer Schlag entlohnte mich für mein Gezappel, und wieder schrie ich erregt in meinen Knebel.

»Du musst nur darum bitten, Schwesterchen, dann besorge ich es dir genau so, wie du es brauchst«, raunte Jason mir zu, wie der verführerische Teufel, der er war. Wieder streichelte seine Hand sanft über die heiße Haut meines Hinterns.

»Hart schiebe ich meinen Schwanz in dich. Ficke dich, bis du vor Lust schreist.«

Zärtlich glitten seine Hände über mein Steißbein, fuhren den Rand des Strapsgürtels entlang und streichelten die Haut unterhalb meiner gefesselten Unterarme.

»Spuck den Knebel aus und sag ganz brav ›bitte‹«, versuchte er mich zu verlocken.

Aber ich konnte einfach nicht.

Wütend schüttelte ich den Kopf und knurrte dabei in das Shirt zwischen meinen Zähnen.

MISTKERL!

Etwas tropfte kalt auf meine Haut, und der Geruch von Schokolade stieg mir in die Nase. Womit sich auch erklärt hatte, was er eben aus dem Kühlschrank genommen hatte: Die Schokoladensoße.

Warm spürte ich Jasons Zunge, die der Spur der braunen Flüssigkeit folgte. Von meinem brennenden Hintern hinauf zu meinem unteren Rücken zog er seine Pfade. Immer wieder tippte er währenddessen hauchzart den Plug an, erinnerte mich an das, was ich nur bekommen würde, wenn ich bettelte.

Wütend zappelte ich unter ihm, was mir einen mahnenden Biss einbrachte, der meine inneren Wände zum Zucken brachte.

Das war gut. Vielleicht sollte ich ihn mehr ärgern?

Kräftig saugte er mit seinem Mund an der Haut meines Hinterns, während ein Finger zwischen meine feuchten Schamlippen glitt. Quälend langsam bewegte dieser sich in mir, während Jasons Mund eine neue Hautstelle fand, um kräftig zu saugen. Kalte Schokolade tropfte erneut auf meine Haut, sickerte durch den weißen Stoff, beschmutzte ihn und lief dann an meinen Flanken hinab. Wie in Zeitlupe fickte sein Finger mich.

Zu wenig, um mir wirklich Lust zu bereiten, zu viel, um abzukühlen.

Erneut änderten Jasons Lippen die Position, diesmal zu meinem unteren Rücken. Leckten an der Schokolade. Saugten abermals fest an meiner erhitzten Haut.

In diesem Moment wurde mir bewusst, was er da machte: Knutschflecken! Er markierte mich – schon wieder!

Als würde die deutliche Bissspur an meiner Schulter nicht ausreichen oder die sicherlich leuchtend rote Haut meines Hinterns. Wieder bäumte ich mich auf, was er mit einem weiteren scharfen Biss quittierte.

Erneut folgte das feste Saugen, das seinen Stempel auf meiner Haut hinterlassen würde.

»Ich habe dir doch gesagt, du gehörst mir, Schwesterchen«, knurrte er mich an, während er endlich Erbarmen zeigte und dem ersten Finger einen zweiten folgen ließ. Tief drang er in mich ein, nur um sie beim Zurückziehen weit auseinanderzuspreizen, zu verharren und mich zu dehnen, bis er einen dritten Finger in meine überlaufende Spalte zwängen konnte. Ein bedürftiges Winseln sickerte in meinen Knebel, als er sich in mich presste und mich dehnte. Das überbordende Gefühl, so ausgefüllt zu sein, raubte mir den Verstand. Lust flutete meinen Unterleib, als seine dicken Gliedmaßen, nur durch die dünne Membran meiner Scheidenwand getrennt, neben dem Plug in meinem Unterleib steckten. Der erste unnachgiebige Stoß entlockte mir einen ekstatischen Aufschrei, den nicht einmal der feuchte Stoff des Shirts ganz dämpfen konnte.

Großer Gott, endlich!

Hinaus und hinein glitt er, von meinen Säften gut geschmiert, bis ich vor Lust Sterne sah. Nur um unmittelbar darauf weiter meine Grenzen auszuloten und einen weiteren Finger in mich zu schieben.

Oh bitte, ja!

Mein Geist leerte sich, und mein ganzes Sein fokussierte sich auf meinen Unterleib.

Ich wollte das. Wollte unbedingt von ihm so ausgefüllt und gedehnt werden!

Keuchend schob ich mich ihm entgegen. Spießte mich selbst ohne Rücksicht auf ihm auf.

Kurz wehrte sich mein sich dehnendes Fleisch, brannte in süßem Schmerz, bevor es endlich nachgab und Jason tief in mich gleiten ließ, während das Shirt in meinem Mund meine ekstatischen Schreie schluckte. Gemächlich bewegte er sich in mir. Der unnachgiebige Druck seiner langsam stoßenden Hand entzündete meinen Unterleib. Seine langen Finger kämpften mit dem Plug um jeden Millimeter Platz, bis ich das Gefühl bekam, jeden Moment zu zerreißen. Der Schmerz der Dehnung verbrannte mich, bis ich nur noch aus züngelnder Lust bestand.

»So ist es besser, nicht wahr?«, seine tiefe Stimme streifte mein Ohr, ohne dass ich in der Lage gewesen wäre zu antworten.

Hinein und hinaus glitten seine Finger, gut geschmiert durch meine Säfte, die aus mir herausquollen. Das schmatzende Geräusch schallte obszön durch die Küche und war wie Musik in meinen Ohren.

Immer tiefer glitt mein Stiefbruder in mich, bis ich sicher war, dass nicht länger nur seine Finger keilförmig in mir steckten, sondern auch Teile der Hand. Diese Vorstellung und das Gefühl, bis an meine Grenzen gefüllt zu sein, ließen mich vor Lust die Augen verdrehen und wohlig aufstöhnen.

Dann war es einfach vorbei. Er hörte so plötzlich auf, sich in mir zu bewegen, als hätte er es sich vom einen auf den anderen Moment anders überlegt und zog sich stattdessen kommentarlos aus mir zurück.

Fassungslos verharrte ich und vergaß sogar das Atmen, während ich darauf wartete, dass er sich wieder in mich schieben würde. Seine Finger, seinen Schwanz, egal, aber auf keinen Fall durfte er mich so unausgefüllt zurücklassen! Doch er streichelte mit seinen von meinem Lustsaft getränkten Fingern lediglich meine Haut, tropfte Schokolade darüber, vermischte die Süße mit meinem herben Aroma, um es dann genüsslich abzulecken.

Meine abgeflaute Wut flammte wieder auf. Brannte in mir mit meiner angestachelten Lust um die Wette.

Wie konnte er mich so hängen lassen, nachdem er mich heute bereits über Stunden gequält hatte? Was gab ihm das Recht, das Ganze so in die Länge zu ziehen?

Wütend warf ich mich zur Seite, während seine Zunge erneut über meine Haut leckte, und entkam tatsächlich seinem Griff. Ich hörte ihn einen überraschten Laut ausstoßend, während ich bereits an dem Gürtel riss, der meine Unterarme fixierte. Überrascht stellte ich fest, dass meine vom Schweiß feuchte Haut tatsächlich aus der Lasche glitt.

Ich war frei!

Zornig spuckte ich das Shirt aus, und bevor Jason Zeit hatte zu reagieren, rappelte ich mich bereits auf und stürzte mich auf ihn. Verblüfft kippte er mit mir nach hinten und landete hart auf dem Rücken, während ich über ihm thronte.

Mit vor Wut und Geilheit gefletschten Zähnen starrte ich ihm ins Gesicht, griff dann nach der Schokoladensoße, öffnete mit meinem Daumen den Deckel und entleerte sie auf seiner Brust.

»Du willst Schokolade, hier hast du sie«, fauchte ich ihn an, mir ziemlich bewusst, dass ich vermutlich vollkommen wahnsinnig aussah. Nur um im Folgenden nach seinem Schwanz zu greifen und mich, ohne den Blickkontakt zu unterbrechen, darauf sinken zu lassen. Tiefer und tiefer glitt ich auf ihn herab und drängte ihn in die Enge, die der Plug in mir verursachte. Presste ihn in mich, bis er mit dem mir nur allzu bekannten süßen Schmerz meinen Muttermund küsste und dehnte.

Endlich!

»Ich werde nicht betteln!«, knurrte ich ihn an, während ich seinen Blick gefangen hielt und begann, mich auf ihm zu bewegen. Mir nahm, was ich brauchte.

Lustvoll verdrehten sich Jasons Augen, als ich ihn hart ritt. Mich immer wieder auf ihm aufspießte und das Geräusch der aufeinander klatschenden Haut und das Schmatzen meiner herausquellenden Säfte in der Küche widerhallten.

Immer weiter benutzte ich seinen Körper, bis meine Wut endlich nachließ und die höher steigende Lust das wilde Tier in mir endlich besänftigte. Meine Hände glitten über seine Brust, verteilten die Schokolade auf seinen ausgeprägten Muskeln bis hinab zu den Rillen seiner Bauchmuskeln.

Ich kam nicht umhin, die Optik zu bewundern, während die klebrige Soße seine Seiten hinablief und auf den Boden tropfte. Feucht von Schweiß und Soße glänzte seine Haut und weckte das Bedürfnis, ihn abzulecken, zu küssen und zu beißen. Am besten alles gleichzeitig. Ich wollte meine Zähne tief in ihm vergraben und ihn dafür bestrafen, dass er mich so hatte leiden lassen. Fest krallten sich meine Finger in sein von Lust erhitztes Fleisch, bis er zischend die Luft einsog. Meine Nägel zogen Spuren durch die braune Soße, und ich genoss den Anblick der sich rötenden Haut.

»Kleines Biest, du hörst einfach nicht auf zu kämpfen!«

Sein Schwanz in mir zuckte bei diesen Worten, und er packte mich grob an den Hüften. Die Schokolade befleckte den weißen Stoff des Strapsgürtels, machte ihn so ungehörig schmutzig, wie ich mich fühlte.

Jasons Becken bockte nach oben, als er seine Beine anwinkelte und mich damit aus dem Gleichgewicht brachte. Schnell verlagerte ich mein Gewicht nach vorne, stützte mich mit beiden Händen auf ihm ab und grub dabei meine Nägel in sein Fleisch.

Zeichneten ihn.

Bestraften ihn.

Hart rammte er sich von unten in mich und pinnte mich mit seinen Händen fest, sodass ich seinen Stößen nicht entkommen konnte. Ungedämpft hallten meine Schreie durch das Haus.

Es war mir egal!

Wieder und wieder stieß mein Stiefbruder in mich. Knetete grob meinen Hintern, bis der Plug in mir tanzte. Ekstatische Schreie perlten über meine Lippen, ohne dass ich es verhindern konnte. Unter dem Schwung der harten Penetration rutschten schließlich meine Finger ab und ich versuchte, inmitten der rutschigen Schokolade, Halt zu finden. Vergeblich, denn ich glitt unter den harten Stößen immer wieder ab, bis ich keine Wahl mehr hatte, als mich auf seinem Oberkörper abzulegen und mich der Heftigkeit seines Verlangens zu ergeben.

Ich spürte die warme Schokolade auf meiner Haut, als unsere Körper sich Stoß um Stoß aneinander rieben. Mit jeder Bewegung verteilten wir die süße Soße auf unserer Haut und dem ehemals weißen Stoff meiner Wäsche. Doch das war uns gleichgültig. Ob uns jemand hörte, ob uns jemand erwischte, ob wir am ganzen Körper mit brauner Soße beschmiert waren – es war nebensächlich. Wie ein Wahnsinniger rammte mein Stiefbruder sich in mich.

Strafend.

Liebend.

Fern jeder Beherrschung.

Die ganze Welt bestand nur noch aus uns beiden und es fühlte sich so wahnsinnig gut an, wie er mich mit seinem großen Schwanz pfählte!

Lüstern grub ich meine Zähne in seinen Brustmuskel, was ihm einen kehligen Schrei entlockte und ihn in mir zum Zucken brachte.

Erneut biss ich zu. Markierte ihn, wie er mich letzte Nacht markiert hatte. Abermals kam ein Schmerzenslaut über seine Lippen, doch mein Stiefbruder hielt mich nicht auf. Schlang stattdessen einen Arm um mich und griff mir besitzergreifend in die Haare. Presste mein Gesicht noch fester an die Stelle, in der meine Zähne sich in ihn vergruben. Schmerzhaft zog es an meiner Kopfhaut, und ich hieß das ziehende Gefühl aufstöhnend willkommen. Seine zweite Hand wanderte zu meinem Hintern, griff nach dem Schwänzchen und begann, den Plug im Takt seiner Stöße tiefer in mich zu schieben. Keuchend suchte ich mir ein neues Stück Fleisch, um mein Stöhnen zu dämpfen. Leckte. Knabberte. Biss zu, bis ich sein lustvolles Stöhnen hörte.

Harte Stöße und der noch härter werdende Griff in meine Haare belohnten mich.

»Kipp dein Becken«, raunte er mir zu, und diesmal leistete ich ihm ohne Widerstand Folge. Augenblicklich spürte ich, wie sein Unterleib bei jedem Stoß über meine Perle rieb. Mein aufsteigender dumpfer Schrei wurde von seinem geschundenen Fleisch geschluckt. Wieder und wieder rammte er sich in mich, während ich nicht mehr sicher war, ob ich neben Schokolade auch Blut schmeckte. Meine Fingernägel gruben sich in seine Seiten.

Kratzten ihn.

Zeichneten ihn.

Meine inneren Wände begannen zu zucken, als sein Griff noch fester wurde, mir jede Bewegungsfreiheit nahm und sicher auch einige Haarsträhnen kostete. Schmerz schoss von meiner Kopfhaut die Wirbelsäule hinab, direkt in meinen Schoß.

Zuckend krampfte ich mich um ihn zusammen. Presste Schwanz und Plug in mir gegeneinander, bis ich das Gefühl hatte zu zerreißen. Ich spürte ihn in mir anschwellen und zucken.

»MEINS!«, sein Knurren hallte in seiner breiten Brust wieder und vibrierte an meinen Lippen. Hart presste Jason den Plug in mich, drückte seinen Schwanz in mich, als wollte er mit mir verschmelzen und meinen Muttermund durchdringen. Schmerz und

Lust fluteten meine Nerven und schickten mich über die Klippe in ein Feuerwerk der Erlösung.

Ich explodierte um ihn herum, molk zuckend seinen Schwanz und schickte damit auch meinen Stiefbruder über die erlösende Klippe. Aufstöhnend presste er seinen Schwanz weiter tief in mich, als wollte er seinen Saft direkt in meine Gebärmutter spritzen.

Unsere keuchenden Atemzüge waren das Einzige, was noch zu hören war, als ich vorsichtig meine Zähne aus seinem Fleisch löste. Ungeachtet der Schokosoße bettete ich mein Gesicht zufrieden auf seiner Brust. Mit Sicherheit würde man morgen meine Spuren auf seiner Haut sehen und dieses Wissen brachte eine Saite von mir zum Klingen, von der ich nicht einmal gewusst hatte, dass ich sie besaß.

Er gehörte verdammt nochmal mir!

Kapitel 5

Mit einem ziemlich undamenhaften Grunzen schob ich die Beine aus dem Bett. Es hatte gestern noch Stunden gedauert, den Küchenboden und uns selbst wieder von der Schokolade zu befreien. Heute Morgen spürte ich daher jeden Knochen im Leib. Der heftige Sex und das Schrubben auf allen Vieren forderten ihren Tribut, und ich konnte mir gerade durchaus vorstellen, wie ich mich mit sechzig fühlen würde.

Natürlich hätte ich mich gestern am liebsten mit Jason einfach ins Bett gekuschelt und auf alles andere gepfiffen. In einer perfekten Welt wäre das vielleicht auch möglich gewesen. Aber in der Realität war es keine Option gewesen, das Chaos unseren Eltern zu erklären, und so hatten wir gemeinsam den

Küchenboden, auf Händen und Knien geschrubbt. Trotz der anstrengenden Putzerei wurde viel gelacht und es machte überraschend viel Spaß, die Zeit auch ohne Sex miteinander zu verbringen. Im Anschluss duschten wir noch ausgiebig zusammen und landeten mit einem schlechten Film aus den 90ern auf der Couch. Wir hatten es uns auch nicht nehmen lassen ihn fertig zu schauen, nachdem Jason unsere Eltern abgeholt hatte. Nicht zuletzt, weil diese leicht beschwipst, die direkte Zielgerade ihres Schlafzimmers ansteuerten und wir dadurch das Wohnzimmer für uns hatten. Es fühlte sich so wunderbar normal an, wie in einer ganz gewöhnlichen Beziehung, mit wirklich gutem Sex - auf jeden Fall, so wie ich mir das vorstellte.

Mit einem Lächeln dachte ich daran zurück, während ich mich von der Bettkante in eine stehende Position hievte. Endlich auf den Beinen, brachte ich mich, in der gemächlichen Geschwindigkeit eines müden Faultiers, in einen menschenähnlichen Zustand, bevor ich schließlich meine Zimmertür öffnete, um mein Zimmer zu verlassen. Mitten in der Bewegung verharrte ich lächelnd und sah auf den kleinen Schokohasen hinab. Wärme flutete meinen Brustkorb, während ich ihn grinsend hochhob und auf seine Unterseite schaute. Ein kleiner rosa Klebepunkt leuchtete mir entgegen. Augenblicklich wurde mein Lächeln noch breiter, denn auch wenn wir längst erwachsen waren, verteilten meine Eltern jedes Jahr Eier und Süßigkeiten im Haus. Ich fühlte mich jedes Mal auf die beste Art und Weise in meine Kindheit zurückversetzt und liebte diese Tradition heiß und innig. Damit es fair blieb, erhielt jeder eine eigene Farbe und man sammelte nur die für einen bestimmten Leckereien ein. Allerdings war es nicht unüblich, der Beute des anderen ein besseres Versteck zu suchen, wenn einem der Sinn danach stand. Was nahezu jedes Jahr der Fall war.

Mein suchender Blick schweifte durch den Flur. Vor Jasons Tür stand auch noch ein Häschen, was bedeutete, er war noch nicht aus seinem Zimmer gekommen. Die Suche hatte also noch nicht begonnen. Grinsend eilte ich zu seinem Zimmer und hämmerte gegen die Tür.

»Steh auf, du Schlafmütze, sonst schnappe ich mir deine Süßigkeiten und versteck' sie im Garten!«, ließ ich ihn durch die geschlossene Tür wissen. Drinnen polterte es, und grinsend wartete ich darauf, dass Jason herauskommen würde. Nur Augenblicke später wurde auch schon die Tür aufgerissen. Jason zog sich gerade noch die Jogginghose über die

Hüften, bevor er mich mit zerknautschtem Gesicht und vom Schlaf zerwühlten Haaren angrinste.

»Niemals, Schwesterchen!«

Schon bückte er sich und griff nach seinem Hasen – grün.

Mit einem tiefen Lachen stürmte er an mir vorbei. Die Jagd nach den Süßigkeiten war eröffnet!

Eine Stunde später saßen alle, bis auf Jason, am Esstisch. Mein Stiefvater lachte seit mehreren Minuten Tränen, über Jasons wortreiche Beschwerde über die unlauteren Mittel jüngerer Familienmitglieder. Er hatte mich dabei erwischt, wie ich einige seiner Süßigkeiten an Stellen versteckte, an denen er bereits gesucht hatte. Da war es aber bereits zu spät gewesen, und er musste noch einmal von vorne anfangen, während wir schon gemütlich am Tisch saßen und ich einen großen Schokohasen vertilgte. Doch er brauchte sich nicht beschweren. Ich hatte geschlagene zehn Minuten gebraucht, den letzten Hasen zu finden, von dem meine Mutter beteuerte, ihn ganz sicher nicht im Backofen versteckt zu haben. Während der süße Geschmack von Schokolade meine Zunge flutete, beobachtete ich schmunzelnd meinen

Stiefbruder bei seiner Suche. Was mir umgehend ein gespielt böses Funkeln seinerseits einbrachte, als er es bemerkte, nur um mir anschließend, überaus erwachsen, die Zunge herausstreckte, bevor er weiter das Regal vor sich absuchte. Lachend beobachtete ich ihn weiter, bis er endlich den letzten verbliebenen Hasen hinter einem Buch hervorzog. Mit einem triumphierenden Aufschrei reckte er diesen wie einen Pokal in die Luft und nahm unser Klatschen und Johlen mit einem huldvollen Nicken und einer angedeuteten Verbeugung entgegen. Lachend kam er mit seiner gesammelten Beute zu uns an den Frühstückstisch und ließ sich auf seinen Stuhl fallen.

Einträchtig genossen wir anschließend die Zeit als Familie, und ich fühlte mich glücklich, während meine Mutter erzählte, was es bei gemeinsamen Bekannten so Neues gab. Doch bereits nach kurzer Zeit drifteten meine Gedanken wieder ab und ich bedauerte, dass unsere Zeit bald zu Ende sein würde, und ich in mein Studentenleben, ohne Jason, zurückkehren musste. Lediglich auf Evy freute ich mich, und ich machte mir eine geistige Notiz, ihr heute Abend unbedingt zu schreiben und sie auf den neuesten Stand zu bringen.

»In einer Stunde wollen wir los!«, erklärte David in diesem Moment, auf seinem Schinkenbrot kauend und riss mich damit aus dem Anflug trübseliger Gedanken. »Es ist zwar relativ warm, aber es soll später noch regnen, also nehmt euch am besten die Regenjacken mit«, hängte er noch an und Jason und ich nickten unisono, während wir unter dem Tisch, wie zwei Teenager, unsere Unterschenkel aneinander lehnten. Jede Zweisamkeit war kostbar, und ich wusste bereits jetzt, ich würde meinen Stiefbruder furchtbar vermissen.

Eine Stunde später saß ich neben Jason im Auto, während wir unseren Eltern hinterherfuhren. Meine Hand lag in seinem Schritt und sehnsüchtig streichelte ich sein halbsteifes Glied durch den Jeansstoff.

»Mel, wenn du so weitermachst, stehe ich gleich mit einem Ständer vor unseren Eltern. Das wird dann ziemlich peinlich.«

Ein verständnisvoller Laut der Zustimmung kam aus meinem Mund, während meine Hand nur noch fester zupackte.

»MEL!«, ermahnte mich Jason mit einem Lachen, bevor er nach meiner Hand griff und sie sanft wegzog. Seine Finger verschränkten sich mit meinen und ich genoss die Wärme seiner Haut und das wohlige

Gefühl, dass die Berührung in mir auslöste. Für einen verstohlenen Kuss zog er meine Hand an seine Lippen und bettete sie dann auf seinen Oberschenkel. Er räusperte sich, doch trotzdem klang seine Stimme belegt, als er begann zu sprechen, und seine Worte flossen wie heiße Lava direkt zwischen meine Schenkel: »Glaubst du etwa Schwesterchen, dass ich gerade etwas lieber täte, als meine Finger in dich zu schieben? Dich in alle deine Löcher zu ficken, bis du schreiend kommst?« Seine Stimme war mit jeder Silbe rauer und dunkler geworden, und auch, wenn sein Blick auf die Straße fixiert war, wusste ich, welche Bilder gerade in seinem Kopf herumspukten.

»Greif mal nach unten in meinen Rucksack«, forderte er mich auf und nach einem kurzen Blick auf seine angespannten Gesichtszüge kam ich seiner Aufforderung nach. Neugierig griff ich nach dem Beutel zwischen meinen Beinen und öffnete den Reißverschluss. Überrascht keuchte ich auf, als ich sah, was sich darin befand und mir augenblicklich die Hitze unter die Haut jagte. Ich hatte schon selbst überlegt, mir das Teil anzuschaffen, bisher jedoch immer gezögert. Sein Einsatz machte meiner Meinung nach alleine einfach keinen richtigen Spaß, aber zusammen mit Jason? Vorfreude durchflutete mich und ich blickte auf den aufpumpbaren Analplug, der auf den ersten Blick aussah, wie ein seltsam geformter Dreizack. Wie ich bereits wusste, würden sich beim Betätigen der Pumpe die beiden äußeren Zacken ausdehnen, und das ziemlich extrem. Von außen würde davon nichts zu sehen sein.

»Du willst, dass ich mir das Ding in den Hintern schiebe?«, sprach ich das Offensichtliche mit unvermittelt brüchiger Stimme aus. Hitze durchströmte mich und meine Mitte begann augenblicklich, begierig zu pochen. Natürlich wusste ich, dass es eine furchtbare Idee war, das Teil in einer Menschenmenge und in der Nähe unserer Eltern zu benutzen. Trotzdem kam es mir keinen Augenblick in den Sinn, seinen Vorschlag abzulehnen.

»Genau das, Schwesterchen, und dann will ich, dass du dir die Pumpe in die Hosentasche steckst. Der Regenmantel ist lang genug, dass es niemand sieht.«

»Aber du hast Angst, mit einem Ständer vor unseren Eltern zu stehen«, stichelte ich, als ich bereits eilig meine Hose öffnete und sie bis zu meinen Knöcheln hinabschob.

»Ja, weil das ist eindeutig nicht zu übersehen, Kleines. Im Gegensatz dazu sieht niemand, dass der Plug in deinem süßen Hintern steckt, und nur ich weiß, warum deine Haut dieses wunderschöne Rot überzieht«, raunte Jason, fast wie zu sich selbst.

Ein zustimmender Laut kam über meine Lippen, als ich zügig mit dem Hintern bis zum Rand des Sitzes rutschte. Den Regenmantel drapierte ich so, dass bei einem zufälligen Blick durchs Fenster nichts zu sehen sein würde.

Jason neben mir lachte plötzlich auf und warf mir einen erhitzten Blick zu.

»Hast du es so eilig?«, fragte er und sein Blick ruhte für einen Augenblick gierig auf der Stelle zwischen meinen Beinen, bevor er sich wieder der Straße zuwendete.

»Ich habe nicht einmal mehr fünf Minuten, bis wir da sind«, antwortete ich mit einem Lachen in der Stimme, als ich auch schon den Plug zum Anfeuchten in meine auslaufende Mitte schob und meine Erheiterung durch ein wohliges Seufzen ersetzt wurde.

»Natürlich habe ich es eilig!« Lüstern keuchte ich auf, als ich mich einige Male sanft damit stieß. Das Material war so weich, dass ich die Reibung nur sanft spürte. Vorsichtig zog ich ihn heraus, drückte die Spitzen zusammen und drapierte sie an meinem engen Schließmuskel.

»Dein Anblick und zu wissen, was du gerade tust, bringt mich um«, raunte Jason, und seine Knöchel verfärbten sich beim harten Griff um das Lenkrad weiß.

»Du wolltest es doch, Brüderchen«, keuchte ich, während ich mir Stück für Stück den Plug in den Hintern schob. »Du wolltest, dass ich mir das Teil in den Arsch schiebe, damit du es dann aufpumpen kannst, während um uns herum Hunderte von Leuten sind.«

Weiter schob ich das Spielzeug in mich hinein, überwand den etwas breiteren Punkt.

»Du willst mir mit dem Teil gleich den Arsch dehnen, während wir jederzeit erwischt werden können.«

Der Rest des Toys glitt in mich und ich seufzte wohlig auf. Mit wenigen Handgriffen positionierte ich das sichelförmige Ende des Plugs so, dass alles fest saß. Kurz atmete ich tief ein und aus, gewöhnte mich an den Fremdkörper in meinem Darm, und spürte, wie sich die Feuchtigkeit, in meiner vor Hitze überlaufenden Spalte sammelte. Dann machte ich mich daran, die Hose hochzuziehen, während der Schlauch, mit etwas Gewackel, seinen Platz zwischen meinen Arschbacken einnahm.

»Das mit der Hosentasche wird wohl nichts, dafür ist der Schlauch zu kurz«, informierte ich Jason, während ich immer noch gegen das ungewohnte Gefühl anatmete, um gleich einen möglichst normalen Eindruck zu machen.

»Dafür darf ich mich jetzt nirgends mehr anlehnen, die Pumpe sitzt genau an meinem unteren Rücken über dem Hosenbund.«

Ein tiefes Knurren kam über Jasons Lippen, als er zu mir rübergriff und mich unnachgiebig nach hinten gegen die Rückenlehne meines Sitzes presste. Eine Mischung aus Schrei und lustvollem Stöhnen entkam mir und erfüllte das Auto, als die Luft umgehend in den Plug in meinen Hintern gepumpt wurde. Das Plastik dehnte mich lustvoll und jagte meine Geilheit in die Höhe.

»Fühlt es sich gut an, Schwesterchen, wie dein Arsch gedehnt wird?«, raunte Jason. Seine eigene Begierde schwang in jedem Wort mit.

Hechelnd versuchte ich, meiner Lust Herr zu werden, bevor ich keuchend antwortete: »Ja!«

Von der plötzlichen Erregung vollkommen aus der Fassung gebracht, überlegte ich ernsthaft, ob ich noch genug Zeit für einen schnellen Orgasmus hätte. Allerdings konnte ich bereits die Zufahrt zum Parkplatz sehen und wusste damit, dass meine Geilheit mich noch ein ganzes Weilchen begleiten würde.

»Verlass dich drauf, Schwesterchen, ich werde dich heute noch so zum Kommen bringen, dass du nicht einmal mehr einen anderen Mann in Erwägung ziehst.« Jason klang entschlossen, und ich war mir nicht sicher, ob ihm nicht klar war, dass ich ohnehin keinen anderen wollte, oder der Satz einfach so ein Männerding war. Abrupt zog er seinen Arm zurück und krampfte seine Finger wieder um das Lenkrad. Verunsichert betrachtete ich sein Profil und damit seinen mahlenden Kiefer.

Verdammt, solche Gespräche sollte niemand führen müssen, wenn er einen Plug in seinem Hintern hatte und die meisten Gedanken sich um den Schwanz des Gegenübers drehten.

»Jason«, setzte ich dennoch an, wurde aber in diesem Augenblick unterbrochen, weil jemand gegen die Scheibe klopfte. Erschrocken zuckte ich zusammen und wendete mich der Beifahrertür zu.

Wann zum Teufel waren wir angekommen?

Überrascht sah ich in das Gesicht meiner Mutter am Beifahrerfenster, die auf einen freien Parkplatz zu unserer Rechten deutete. Ohne Zögern folgte Jason ihrer Weisung und parkte ein. Das Geräusch des Motors erstarb, und obwohl mein Unterleib vor Geilheit förmlich glühte, drehten sich in meinem Kopf die Gedanken. Wir hätten schon viel früher darüber reden sollen, was das eigentlich zwischen uns war. Ich kannte Jason und wusste, wie beschützend und besitzergreifend er war. Mir war jedoch nicht klar gewesen, dass er dachte, er könnte nur einer von vielen Männern in meinem Leben sein oder hatte er es überhaupt nicht so gemeint? Vielleicht hatte er nur das Bedürfnis klarzustellen, dass er nicht teilen würde? Warum konnten Männer nicht einfach klar kommunizieren, was sie beschäftigte?

Frustration und Hilflosigkeit ließen mich die Zähne zusammenbeißen, doch bevor ich etwas sagen konnte, um die Situation zu klären, riss Jason bereits die Tür auf und ich blieb allein im Wagen zurück.

Verdammte Scheiße!

Vorsichtig schnallte ich mich ab, um die Pumpe in meinem Rücken nicht versehentlich zu betätigen. Es reichte schon, dass ich gleich mit sicherlich glühendem Gesicht unseren Eltern gegenüber treten musste.

Warum hatte ich dieser dummen Idee auch ohne mit der Wimper zu zucken zugestimmt? Geilheit war einfach ein schlechter Ratgeber!

Die kleinste Bewegung ließ mich den Fremdkörper in meinem Hintern noch intensiver wahrnehmen, und mühsam unterdrückte ich ein Stöhnen. Wie in Zeitlupe schälte ich mich aus dem Auto, jeglichen Druck auf meinen unteren Rücken vermeidend.

Geschafft!

Vorsichtig richtete ich mich auf und war mir sicher, dass jede Rentnerin sich schneller bewegen würde.

Wie sollte ich so nur die nächste Stunde überstehen?

Mit bemüht neutralem Gesichtsausdruck und zügigen Bewegungen, um nicht unnötige Aufmerksamkeit auf mich zu ziehen, machte ich mich auf den Weg zu meiner Familie, die sich wenige Schritte hinter dem Kofferraum zusammengefunden hatte. Jason schaute immer noch etwas verbissen, was mir sagte, dass es in seinem Kopf arbeitete. Meine Eltern sahen mir jedoch mit einem Lächeln entgegen, bis meine Mutter plötzlich – wieder einmal – die Stirn runzelte. Langsam begann ich, diesen Gesichtsausdruck wirklich zu hassen, da ich ihn die letzten Tage häufiger zu sehen bekommen hatte, als die letzten Jahre zusammengenommen.

»Schatz, ist alles in Ordnung? Du bist ganz rot im Gesicht.« Bevor ich es verhindern konnte, kam sie mir schon entgegen und legte ihre Hand an meine Stirn. »Und ganz warm«, analysierte sie, was nur dafür sorgte, dass noch mehr Röte meinen Hals hinauf kroch.

»Mel hat eben im Auto schon gesagt, sie fühlt sich nicht so gut«, sprang Jason mir zur Seite. »Vielleicht wird sie krank.« Erleichtert über seine Schützenhilfe, nickte ich nur zustimmend und versuchte, möglichst leidend auszusehen. Womöglich eröffnete uns das gerade auch die Möglichkeit, unseren Aufenthalt hier möglichst kurz zu halten.

»Du hättest etwas sagen sollen, Mel«, schimpfte David in liebevollem Ton, und ich bekam ein schlechtes Gewissen, als ich die Sorge in seinen Worten hörte. »Du warst ja gestern schon nicht ganz auf der Höhe.«

»Ich schaff das schon«, gab ich mich tapfer. »Und wenn es nicht mehr geht, kann Jason mich ja heimfahren.«

Bestätigend nickte Jason, bevor er seinen Arm um mich schlang und mich an sich zog.

»Klar, ich kümmere mich doch um meine kleine Schwester.«

Langsam und bedächtig drückte er seinen Arm gegen meinen unteren Rücken, und ich spürte, wie der Plug sich in meinem Hintern ausdehnte.

Verdammt, war er wahnsinnig? So ein Arsch!

Überrascht keuchte ich auf und überdeckte den Laut schnell mit einem Husten.

»Oh Gott, Mel, du wirst bestimmt krank!«, kommentierte meine Mutter meinen Hustenanfall, und mir blieb nichts anderes übrig, als wieder zu nicken und Jason unauffällig kräftig in die Seite zu zwicken.

»Du kümmerst dich um Mel, Jason? Ihr solltet wirklich nicht zu lange bleiben«, bestimmte mein

Stiefvater. »Dann würden wir jetzt auch schnell eine Runde drehen. Fahrt dann bitte einfach schon mal los. Wir wissen ja, was los ist.«

Gleichzeitig nickten wir und verabschiedeten uns.

Langsam machten mein Stiefbruder und ich uns auf den Weg durch die Menge, Richtung Feuer und Essensständen. Das war erstaunlich glatt gelaufen. Manchmal musste man eben für die kleinen Dinge im Leben dankbar sein.

Schweigend gingen wir nebeneinander her, während der Plug mich bei jeder Bewegung an seine Existenz erinnerte. Bereits nach wenigen Metern wurde ich jedoch daran erinnert, was für eine dumme Idee das Ganze war, vor allem mit Jasons schwankender Stimmung. Eine Stimme zu meiner Rechten rief wiederholt meinen Namen und ließ mich innerlich aufstöhnen. Auch das noch!

»Hey Mel, warte mal!«

Es brauchte einen Moment, bis ich Tim in der Menge ausmachen konnte, der mir freudestrahlend zuwinkte. Wir hatten uns seit bestimmt einem Jahr nicht mehr gesehen, und normalerweise hätte ich mich ziemlich gefreut, ihn zu sehen. In der aktuellen Situation wäre es mir jedoch bei weitem lieber gewesen, keinen alten Bekannten zu begegnen. Dennoch zwang ich mir ein Lächeln ins Gesicht und winkte pflichtschuldig zurück. Wir waren einen Großteil unserer Schulzeit in der gleichen Klasse gewesen und hatten auch in unserer Freizeit zum gleichen Freundeskreis gehört. Und natürlich kannte Tim auch Jason. Es war zu dieser Zeit einfach für kein männliches Wesen in meinem Umfeld möglich gewesen, meinen Stiefbruder nicht zu kennen, da er wie ein Damoklesschwert über jedem potenziellen Verehrer geschwebt hatte. Vor allem, nachdem es zur ersten blutigen Nase gekommen war, als mein damaliger Freund meinte, mich auf einer Party mit einer anderen zu betrügen. Ab diesem Zeitpunkt galt Jason nur noch als mein persönlicher Wachhund. Eigentlich hätte mir das damals schon viel mehr zu denken geben sollen ...

»Hey, Jason«, grüßte Tim meinen Stiefbruder, der den Gruß mit einem knappen Nicken und einem kurzen »Hi« erwiderte. Jason war schon immer recht deutlich in seiner Körpersprache gewesen. Heute war es aber selbst für jeden Blinden sichtbar, dass er Tim nicht in meiner Nähe haben wollte. Seine ganze Haltung strahlte Anspannung aus, und als Tim Anstalten zeigte, mich zur Begrüßung zu umarmen, machte Jason augenblicklich einen halben Schritt nach vorne und ich hätte schwören können, dass er knurrte. Nicht überraschend schreckte mein ehemaliger

Klassenkamerad daraufhin vor mir zurück, als hätte ich eine ansteckende Krankheit, und stammelte sich unbeholfen durch den weiteren Smalltalk, ohne Jason je ganz aus den Augen zu lassen. Die Situation war so auffallend unangenehm, dass Tim sich bereits wenige Minuten später aus dieser peinlichen Konstellation verabschiedete.

»Möchtest du mich vielleicht noch anpinkeln?«, fuhr ich Jason im Flüsterton an, kaum, dass Tim außer Hörweite war. Jasons Gesichtsausdruck verfinsterte sich, soweit das möglich war, noch weiter. Sein dummes Verhalten, wie auch meine anhaltende Erregung, brachte mein Temperament zum Überkochen, und ich merkte, wie ein Feuerwerk an Emotionen in mir explodierte.

Am besten lernte Jason sehr schnell, dass ich nicht sein Besitz war. Als großen Bruder hatte ich sein Verhalten akzeptieren können, auch weil es zu diesem Zeitpunkt einfach Grenzen gab, mit Dingen, die ihn nichts angingen. Aber wenn wir vorhatten, das hier fortzusetzen, musste ich ihm klar machen, dass er nicht darüber zu entscheiden hatte, wer zu meinem Freundeskreis gehörte. Oder dass er keineswegs das Recht hatte, mit der Miene eines Gargoyls über mich zu wachen und jedes männliche Wesen zu verscheuchen, das auch nur mit mir reden wollte.

213

»Wir müssen reden«, sprach ich die Worte, die eigentlich niemand hören wollte, da sie zumeist nichts Gutes zu bedeuten hatte. Jason bildete hier keine Ausnahme, seine Miene versteinerte und sein Körper versteifte sich vor Anspannung. Er nickte jedoch und deutete mit dem Kinn Richtung Wald, hinter den brennenden Osterfeuern. Wie bereits von David befürchtet, setzte genau in diesem Moment leichter Nieselregen ein, und die ersten Schirme wurden geöffnet. Ohne uns anzusehen, schoben wir uns entgegen des Stroms durch die Leute, die sich vermehrt in Richtung Parkplätze bewegten. Ich zog mir die Kapuze über den Kopf und schritt mit gesenktem Kopf schnell voran. Bereits nach wenigen Metern lichtete sich die Menge deutlich und wir konnten ungehindert über die Wiese zum Wald gehen. Einen Augenblick später trat ich zwischen die Bäume des Waldes, und Jasons schwere Schritte verrieten mir, dass er dicht hinter mir war. Bei seinen langen Beinen hatte ich keine Angst, dass er zurückbleiben könnte, und nahm daher keine Rücksicht bei meinem zügigen Lauf.

Das erste Grün hatte bereits ausgetrieben, und nach wenigen Schritten wurden die Geräusche der Menschen immer leiser. Wir wurden vom Wald verschluckt, und ich war froh, wenigstens etwas vor neugierigen Blicken geschützt zu sein. Dennoch stapfte ich wütend immer weiter vorwärts, während der Plug heftig in meinem Hintern rieb. Leise fluchte ich vor mich hin und verfluchte das Spielzeug, das meine Aggression gerade nur weiter anfachte. Die Zeit verstrich, während ich immer weiter voranschritt, bis ich nicht einmal mehr sagen konnte, wie lange wir schon unterwegs waren. Fünf Minuten oder schon zehn? Außer dem Prasseln der Regentropfen auf dem Blätterdach und den Geräuschen, die wir verursachten, war längst nichts mehr zu hören.

»Verdammt noch mal, Mel, bleib stehen!«, forderte Jason mich in diesem Moment auf, und wäre es nicht vollkommen kindisch gewesen, wäre ich einfach weitergelaufen. So fuhr ich zu ihm herum und funkelte ihn an.

»Was sollte das eben, Jason?«, fauchte ich, und meine Stimme glich einem gepressten Zischen.

»Du kannst hier nicht, bei so einer Veranstaltung, wo alle möglichen Leute uns kennen, einfach dein Revier markieren, nur weil du mich fickst!«

In Jasons finsterem Blick flammte Hitze auf und Bewegung kam in seinen großen Körper. Bevor ich mich versah, hob er mich hoch und pinnte mich mit Schwung gegen den nächsten Baumstamm. Ein Lustschrei entkam meinen Lippen, als schlagartig Luft in den Plug gepresst wurde und meinen Hintern dehnte. Reflexartig schlang ich meine Beine um Jasons Hüften. Fest hielt er mich an den Stamm gedrückt, während er auf mich herabblickte. »Ich ficke dich also nur, Schwesterchen?«, knurrte er und rieb seinen eindeutig harten Schwanz an meiner Mitte. Wieder entkam mir ein lustvolles Stöhnen.

»Ich teile einfach nicht gern!«, setzte er mich in Kenntnis, während er sich erneut bewegte.

»Ich habe so lange mit mir selbst gekämpft, weil ich dich so sehr wollte, aber nicht haben durfte«, mit jedem Wort wurde seine Stimme tiefer, bis er an ein wütendes Tier erinnerte.

»Ich war die letzten Wochen fast wahnsinnig vor Sehnsucht, weil ich nach all den Jahren endlich von dir gekostet hatte und es um so ein Vielfaches besser gewesen war, als in meiner Fantasie, und obwohl ich wusste, wie dumm es war, konnte ich nur, wie ein Süchtiger, direkt zu dir laufen, als du in Reichweite warst. Ich verzehre mich in jeder wachen Minute nach dir, und egal wie sehr ich mich bemühe, seit ich dich gekostet habe, brauche ich immer mehr von dir! Du machst mich verrückt!«

Sein Atem ging keuchend, wie nach einem langen Lauf, und seine Augen waren so voller Gefühle, dass es mich mitten ins Herz traf, als er abwartend zu mir hinabsah. Ich kannte ihn gut genug, um zu wissen, dass es keine leeren Worte waren, und um zu erahnen, wie schrecklich er unter der Situation litt. Genau wie ich.

»Wenn ich jetzt schon offenen Auges in meinen Untergang laufe, dann werde ich dich nicht teilen! Mit niemandem!«, Verzweiflung färbte seine Stimme, und mir wurde bewusst, wie sehr uns die Unsicherheit beide auffraß. Diese ganzen unausgesprochenen Dinge …

Meine brodelnde Wut der letzten Tage verrauchte, während ich meine Arme um seinen Nacken schlang und sein Gesicht näher an meines heranzog.

»Du hörst mir jetzt ganz genau zu, Jason!«, meine Stimme war ein beschwörendes Raunen, während ich meine Finger in seinen Haaren vergrub und meinen Griff langsam fester werden ließ.

»Ich wollte dich schon, seit ich dir mit sechzehn das erste Mal gegenüberstand. Du diese verdammte Treppe hochkamst und ich kein Wort rausbrachte. Jetzt, wo ich dich habe, gibt es keinen anderen, und ich werde auch niemand anderes neben mir dulden.«

Sein Blick fixierte mich, als wollte er jedes Wort in sich aufsaugen. Unterschiedlichste Emotionen brandeten über sein Gesicht: Zweifel, Ungläubigkeit und schließlich Erleichterung. Die Härte verschwand aus

217

seiner Miene, und er sog tief den Atem in seine Lunge, als wäre es ihm nach langer Zeit endlich wieder möglich, Luft zu holen.

»Aber du musst mir vertrauen, und ich dir. Gerade weil die meiste Zeit einige Stunden Fahrt zwischen uns liegen werden.«

Mein Griff in seine Haare wurde fester, bis ich wusste, dass es die Grenze zum Schmerz überschritt.

»Und so ein imaginäres Anpinkeln wie eben macht alles kaputt. Du darfst mich jederzeit beschützen, trösten, auf Händen tragen oder auch wütend auf mich sein. Aber stelle nie meine Gefühle und damit meine Loyalität zu dir infrage! Ich will das hier, will dich ...«

Bevor ich noch etwas sagen konnte, krachten seine Lippen auf meine in einem Kuss, der mich verschlang. Der mich in Brand steckte und mir die Zuversicht gab, dass, egal welcher steinige Weg auf uns wartete, wir ihn zusammen gehen würden.

Mit einem wilden Grinsen, das an Wahnsinn grenzte, ließ er von meinem Mund ab, nur um mich langsam und bewusst gegen die raue Rinde an meinem Rücken zu schieben. Erneut presste die Pumpe Luft in den Plug, und ein Schrei entkam mir, bei der unerbittlichen Dehnung.

»Jason«, keuchte ich, »der Plug ist riesig in mir.«

»Ist er das, Schwesterchen?«

Seine Hand wanderte zu meinem unteren Rücken, und ich spürte, wie seine Finger sich bewegten, bevor der Druck in meinem Hintern schlagartig nachließ.

»Hey«, tat ich meinen Unmut kund, als sich mein Hintern plötzlich viel zu leer anfühlte.

»Oh, wie konnte ich nur denken, dass es zu viel für deinen Hintern sein könnte?« Schalk sprach aus seiner Stimme, und im gleichen Augenblick erhöhte sich wieder der Druck gegen meine Darmwände, als Jason kräftig die Pumpe betätigte. Lustvoll schrie ich auf.

»Ja«, keuchte ich, »deine kleine Schwester mag es, wenn ihr Arsch richtig voll ist.«

Knurrend schob Jason sein Becken wieder gegen meine Mitte, was mir sogleich noch einen weiteren Pumpstoß einbrachte. Zischend sog ich die Luft ein, als der brennende Schmerz der Dehnung meinen Unterleib in Flammen setzte.

Ich fühlte mich so wahnsinnig voll, dass ich vor Lust Sterne sah und jedes Überbleibsel an Hemmungen sich in Wohlgefallen auflöste.

»Bitte, Jason, ich brauche dich!«, bettelte ich meinen Stiefbruder an, der mich daraufhin zu Boden gleiten ließ.

»Zieh dich aus!«, forderte er mich auf, als er auch schon seine Regenjacke auf den Boden warf und sein Shirt über den Kopf zog. Die Jeans saß tief auf seinen Hüften, und die vereinzelten Tropfen, die es durch das Blätterdach schafften, perlten über seinen durchtrainierten Oberkörper. Vor Kälte zogen sich seine Brustwarzen fest zusammen, und ich verharrte in der Bewegung, konnte mich einfach nicht an ihm sattsehen. Ich hatte noch nie etwas Reizvolleres gesehen, als seinen muskulösen, großen Körper, und mit Sicherheit würde ich dieses Bild bis ans Ende meines Lebens nicht vergessen.

Einige gierige Atemzüge später folgte ich seinem Beispiel schließlich doch, von der verzweifelten Sehnsucht nach seinem Körper angetrieben, und wurde meine Kleidung los.

Ich brauchte ihn. Wollte ihn unbedingt in mir!

Trotz der inneren Hitze, die mich durchflutete, überzog eine Gänsehaut meinen Körper. Das hielt mich jedoch nicht davon ab, ihn mit meinen Blicken zu verschlingen. Ich sehnte mich nach seiner Haut auf meiner, brauchte ihn hier mitten im Wald, so nah wie möglich bei mir.

»Dreh dich um, halte dich am Baum fest und lass deine Hände dort!« Widerstandslos folgte ich Jasons Befehl, wandte ihm den Rücken zu und beugte mich nach vorne, bis die raue Rinde an meiner Schulter kratzte und ich mich dagegen lehnen konnte. Fest legten meine Hände sich an den zerklüfteten Stamm und hielten sich daran fest, dem entgegenfiebernd, was mein Stiefbruder gleich mit mir machen würde.

Jason positionierte die Pumpe des Plugs zusammen mit seiner Hand an meiner Hüfte. Ein winziger weiterer Pumpstoß brachte mich zum Winseln. Ein Blick über meine Schulter verriet mir, dass er hinter mir herabglitt und sich ins feuchte Laub kniete. Sein Blick fest auf meinen Hintern fixiert, begutachtete er sein Werk. »Weißt du, wie sexy du aussiehst und wie sehr es mich anmacht, zu wissen, dass du den Plug die ganze Zeit getragen hast, dass er dich bei jedem Schritt an mich erinnert hat?«

Sanft leckte seine Zunge von meiner überlaufenden Spalte, über die sichelförmige Halterung des Plugs zu meiner hinteren Öffnung. Genüsslich züngelte er über jeden Millimeter freiliegender Haut und brachte meine Nervenbahnen zum Glühen. Leises Stöhnen kam über meine Lippen, das augenblicklich lauter wurde, als er zwei Finger in meinen Spalt gleiten ließ. »Ich spüre ihn in dir. Wie eng er dich macht«, raunte Jason mir zwischen zwei Zungenschlägen zu, während er mich mit festen Stößen seiner Finger verwöhnte. Er wusste, wie ich es brauchte, spreizte seine

Finger auseinander, bevor er einen weiteren folgen ließ.

Ohne dass ich es verhindern konnte, schrie ich meine Lust in den Wald, während ich ihm meinen Unterleib ins Gesicht schob. Es tat so verdammt gut, was er mit mir tat.

»Wollen wir mal schauen, wie sehr wir dir deine zwei Löcher stopfen können«, raunte mein Stiefbruder mit einem letzten Zungenschlag. Bevor ich ganz begriff, was mir bevorstand, hatte er sich bereits hinter mir erhoben und in Position gebracht. Seine Schwanzspitze küsste sanft meine Öffnung, stupste kurz dagegen, bis meine Lusthöhle gierig nach ihm schnappte. Erst dann schob er sein Becken langsam vorwärts, zwängte sich stetig und ohne Gnade in mich, sodass ich das Gefühl bekam, gepfählt zu werden. Vor Lust und dem ziehenden Schmerz der Dehnung hechelnd, empfing ich ihn, ließ ihn mit dem Plug in mir um den Platz kämpfen, bis sich meine Augen vor Lust nach hinten verdrehten.

»Oh Gott, Jason«, stammelte ich zwischen hektischen Atemzügen, während ich nicht sicher war, ob ich gleich vor Lust einfach das Bewusstsein verlieren würde. Schließlich stieß Jasons großer Schwanz an das Ende meines Tunnels. Dehnte mich auch hier unnachgiebig, bis mein Körper ihm die Grenzen seiner Möglichkeiten aufzeigte. Mein Sichtfeld verengte sich weiter, als Schmerz und Lust meinen Unterleib überrollten, und mich bereits ohne die geringste Berührung meiner Klit an den Rand des Orgasmus brachten.

»Fuck, Jason! Oh ja, großer Bruder, bitte!«

Sterne explodierten vor meinen Augen, als sein Schwanz begann sich immer wieder, wie ein Vorschlaghammer, in mich zu rammen. Als wollte er jegliche Grenzen zwischen uns einreißen, schob er sich hart und tief in mich. Der Plug dehnte meinen Arsch auf erschütternd unnachgiebige Weise und Jasons Finger gruben sich in mein Fleisch, sodass ich vermutlich blaue Flecken bekommen würde.

»Na Schwesterchen, schaffst du noch mehr?«, fragte er mich, als er sich über mich beugte und mit der Zunge über meine Schulter leckte.

»Soll ich deinen Arsch noch etwas weiter dehnen, während ich dir gleich meine ganze Ladung reinspritze?«

Ich wusste nicht, ob ich noch mehr ertragen konnte. Ob mein Körper noch mehr aushalten würde. Trotzdem wollte ich es. Ich wollte alles!

»Ja, großer Bruder, bitte«, winselte ich stöhnend fern jeder Vernunft und spürte im gleichen Augenblick, wie sein Griff an meiner Hüfte sich veränderte und er noch einmal die Pumpe betätigte.

Fuck! Fuck! Fuck! Ich würde ganz sicher vor Lust sterben! Zusammenhanglose Worte kamen über meine Lippen, als ich ihn fern jeder Vernunft weiter anbettelte, mich härter zu ficken.

Ohne Vorwarnung schlug er seine Zähne in meine Schulter, direkt neben das andere Mal, mit dem er mich bereits markiert hatte. Der Schmerz in meiner Schulter und das fast übermächtige Brennen in meinem Unterleib, brachte meine Nervenenden zum Explodieren, fluteten meinen Körper in alles verzehrender Lust. In Jasons Brust stieg das mir bereits bekannte Grollen auf und vibrierte zusammen mit seinem rasenden Herzschlag an meinem Rücken. Erneut erhöhte er die Geschwindigkeit. Rammte sich fern jeder Vernunft in mich, dehnte meinen Tunnel immer weiter, bis sein großer Schwanz mich fast spaltete. Mich in einer unbeschreiblichen Mischung aus Lust und Schmerz ins Nirvana eines Orgasmus rammte. Wellen der Lust schlugen über mir zusammen und ich ertrank darin. Mein ganzer Unterleib krampfte ekstatisch, zog sich immer wieder unter seinen harten Stößen zusammen, bis ich das Gefühl hatte, in der Flut der Gefühle vollkommen unterzugehen. Meine inneren Wände molken seinen zuckenden Schwanz, als würde mein im Orgasmus gefangener Körper nach seinem Samen betteln. Dann kam er, und ich spürte, wie er seinen Saft heiß gegen meinen Muttermund verströmte und meine geschundenen Wände flutete. Sterne tanzten vor meinen Augen, und meine Beine knickten unter mir weg, als mein Körper sich endlich ergab und alle Kraft aus ihm wich. Jasons fester Griff fing mich auf, und gemeinsam glitten wir ins feuchte Laub. Ein kurzer Griff, und der Druck in meinem Hintern ließ nach, bevor Jason mich fest in seine Arme schloss und einen sanften Kuss auf meinen Scheitel presste. Unsere sich langsam beruhigenden Atemzüge verklangen zwischen den Bäumen, als er sanft über meine Haut strich, so vorsichtig, als wäre ich das Kostbarste auf der Welt für ihn. Geborgenheit und Zufriedenheit erfüllten jede Zelle meines erschöpften Körpers. Jason verlagerte sein Gewicht etwas, brachte sein Gesicht ganz nah an mein Ohr und hauchte mir einen zärtlichen Kuss auf die empfindliche Stelle hinter meiner Ohrmuschel. Lächelnd schmiegte ich mich dichter an seinen wärmenden Körper. Während der Schlaf nach mir griff, hörte ich leise seine Stimme, wie er die drei Worte flüsterte, die mich mitten ins Herz trafen und mein Leben für immer verändern würden: »Ich liebe dich, Mel.«

Epilog

Wir fuhren am Montag nicht nach Hause, denn dank unseres Aufenthaltes im Wald hatten wir uns beide nun wirklich eine üble Erkältung eingefangen. Unter den wachsamen Augen unserer Eltern verbrachten wir drei Tage auf der Couch, in denen wir heimlich unter der Decke Händchen hielten und Küsse stahlen. Meine Mutter versorgte uns mit Hühnerbrühe und allem, was nötig war, um wieder gesund zu werden. Es war mehr als deutlich, wie sehr es ihr gefiel, uns beide hier zu haben und ausgiebig bemuttern zu können.

»Wie schaut es eigentlich bei dir mit einem Freund aus, Mel?«, fragte sie mich daher nicht vollkommen überraschend, während ich schniefend meine Suppe löffelte. Jason neben mir spannte sich kaum merklich an, und ich musste mir ein Schmunzeln verkneifen. »Irgendwann möchte ich auch ein paar Enkel. Vielleicht könntest du dann hier arbeiten, und ich würde auf die Kinder aufpassen«, überlegte sie laut, mit verträumtem Gesichtsausdruck, ohne meine Antwort abzuwarten. Neben mir verschluckte sich Jason an seinem Essen, und ich brach nun wirklich in schallendes Gelächter aus.

»Mama!«, mit einer Mischung aus Erheiterung und Unglauben sah ich sie an. »Ich bin Mitte zwanzig und studiere noch!«

»Ja, ja«, winkte sie ab, »Du hast natürlich recht.«
Dann musste auch sie lachen.

»Ich dachte immer, es gibt nur bei Frauen eine biologische Uhr, die anfängt zu ticken, wenn es Zeit für Nachwuchs ist, aber anscheinend wiederholt sich das, wenn es ums Oma-Werden geht.« Lachend machte sie sich auf den Weg in die Küche, während ich Jasons brennenden Blick auf meiner Haut spürte. Nach einem kurzen Blick zur Tür beugte er sich zu mir und brachte seine Lippen dicht an mein Ohr: »Irgendwann, Schwesterchen, werde ich genau das machen! Ich werde dich ficken, bis dein Bauch kugelrund ist und dann wieder und wieder, bis wir beide alt und grau sind.«

Ein Schwarm Schmetterlinge machte sich in meinem Bauch selbstständig. Ich hatte Evy wirklich einiges zu erzählen, wenn ich wieder zuhause war.

Dankeschön

Vielen Dank, dass du den ersten Sammelband von »*Wicked Holidays*« gelesen hast. Ich hoffe, du hattest genauso viel Spaß beim Lesen, wie ich beim Schreiben!

Wenn dir die Story gefallen hat, freue ich mich riesig über eine Bewertung! Und keine Sorge: Die Geschichte von Mel und Jason ist noch lange nicht zu Ende erzählt, also Augen offenhalten!

Gruß und Kuss
Julia